슬레이어즈 4

배틀 오브 세이룬

슈욱!
접시 안에서 수십 개의
촉수가 튀어나왔다!!

마법사 칸젤!
한 남자가 서 있었다.
푸르스름한 안개 속에

배틀 오브 세이룬

HAJIME KANZAKA **칸자카 하지메**

일러스트 | 아라이즈미 루이
번역 | 김영종

목 차

1. 항상 그렇지. 정신을 차려보면 어느새 관계자

달과 별을 배경으로 밤의 왕궁은 조용히 서 있었다.

닫힌 거대한 정문 양쪽에 서 있는 전망탑에는 '라이팅(Lighting)'으로 보이는 희미한 마법의 빛이 여기저기 밝혀져 있다.

"여기로 잠입하자."

가로수 그림자에 몸을 감춘 채 나는 작은 소리로 말했다.

"여기… 라니, 정면이잖아?!"

마찬가지로 가로수 그림자에 몸을 숨기고 있던 가우리가 불만스럽게 말했다.

아, 혹시나 해서 말해두는데 우리들은 결코 도적 따윈 아니다.

물론 지금 우리들의 모습은 지나가는 사람들에게서 돌을 맞더라도 불평할 수 없을 만큼 수상하긴 하다. 내 입으로 말하기에도 뭐하지만.

어디서나 팔 것 같은 넉넉한 긴소매 상의에 긴 바지. 움직이기 쉽도록 여기저기를 가죽 벨트로 가볍게 묶고 눈만을 남긴 채 마스크로 얼굴을 가리고 있다. 상상대로 옷 색깔은 모두 검은색으로 통일.

게다가 두 사람 모두 허리에 검을 차고 있기도 하다. 이건 이미 누가 보든 악당 암살자 분위기.

…하지만 자랑이 아니라 나, 리나 인버스, 실수로라도 지저분한 일을 맡을 만큼 타락하지는 않았다.

주머니 사정이 안 좋으면 도적단을 습격하는 편이 벌이도 더 좋고 법에도 저촉되지 않는다(고 생각한다).

"이런 곳으로 잠입하는 편이 상대의 허를 찌를 수 있어."

"그냥 허만 찌를 뿐이잖아."

"말이 많아! 어쨌거나 가자!"

말하고 나는 정면을 향해 걷기 시작했다.

"하지만 생각했던 이상으로 혼란스러운 것 같군요, 이 마을."

실피르는 식후의 차를 홀짝거리며 작은 소리로 말했다.

검고 윤기 나는 긴 머리가 찰랑찰랑 흔들린다.

나보다 조금 연상일까? 조금 선이 가는 느낌의 미인으로 프리스트(승려) 정장이 너무나 잘 어울린다.

어느 작은 레스토랑. 요리의 맛과 손님 수준은 그럭저럭 괜찮지만 활기가 별로 없다. 물론 그건 이 가게만의 이야기는 아니지만.

성왕국(聖王國) 세이룬의 수도 세이룬 시티.

그곳은 지금 동란의 한복판에 있었다.

물론 우리들이 단순한 호기심 차원에서 이런 어수선한 마을에 온 것은 아니다.

전에 어느 사건으로 알게 된 실피르가 일신상의 사정으로 이 마을에 있는 친척에게 의지하게 되었기에 나와 가우리가 호위 차 이 곳까지 함께 따라온 것이다.

"하지만⋯."

작게 중얼거린 것은 가우리였다. 내 여행 동료로 잘생긴데다 검솜씨가 초일류인 남자지만 뇌세포는 반쯤 녹아 있다.

"어째서 이 마을은 이렇게 어수선한 거지?"

툭.

나는 들고 있던 포크를 무의식중에 떨어뜨렸다.

실피르는 어이없다는 표정을 지었다.

"너⋯ 너 말야, 가우리⋯."

나는 아파오는 머리를 감싸쥐면서,

"설마 지금 이 마을이 어째서 어수선한지 사정을 전혀 모른다고 말하는 것은 아니겠지?"

"전혀 몰라."

"으아아아아! 요즘 거의 매일처럼 나와 실피르가 이야기했잖아!"

"하하하하하. 요 녀석, 내가 그런 걸 듣고 있었을 거라 생각해?"

"그렇게 웃으면서 큰소리칠 일이 아니잖아! 참 나⋯."

나는 머리를 긁적였다.

참고로 실피르 쪽은 아직도 경직된 상태.

"뭐, 좋아. 간략하게 설명하면 이 마을은 지금 집안 싸움의 한복판에 있어."

"호오."

"반년 전쯤 이곳 왕이 병으로 쓰러졌는데 의식이 있긴 하지만 지금은 침상에서 일어날 수조차 없을 만큼 안 좋은 상태라고 해. 마을 사람들의 말에 따르면."

"헤에."

"당연히 다음 왕이 누가 될까 하는 이야기가 나왔는데, 그 무렵부터야. 여러 가지 말썽이 일어나기 시작한 것은."

"흐음."

정말 듣고 있긴 한 걸까…? 이 인간….

만약 이렇게 말해줬는데 듣지 않았다고 하면 날뛰어버릴 테다.

어쨌거나 마음을 가다듬고 이야기를 계속한다.

"제1왕위 계승자가 암살될 뻔한 사건을 비롯해서 마을 안과 왕궁에서 높은 사람 몇 분이 암살되는 사건이 일어났어. 그때 그 제1왕위 계승자 씨가 왕궁에서 모습을 감춰버렸는데… 마을 어딘가에 숨어 있겠지, 해서 병사들과 수상한 녀석들이 시종 마을 안을 어슬렁대고 있는 것이 지금 상황이야. 알았지?"

"아니. 잘 모르겠는데?"

"또 나왔다아아아아아아아아! 너란 인간으으으은!"

"우아아앗! 진정해, 리나! 농담이야! 방금 한 말은 농담이야! 사정은 알았어! 잘 알았으니까 부탁해! 날뛰지 말아줘!"

"헥… 헥…."

나는 겨우 숨을 가라앉혔다.

"하지만 뭐지요? 그 '제1왕위 계승자'라는 건?"

겨우 경직에서 풀려난 실피르가 미간을 좁히며 물었다.

나 역시 미간을 좁히고,

"뭐… 라니? 왕의 지위를 계승할 권리가…."

"그게 아니고, 어째서 당신이 그런 식으로 표현하는 건지 궁금해서 그래요. 결국 쉽게 말해 이 나라의 왕자님이잖아요."

흠칫!

그녀의 말에 뺨이 굳는 것을 스스로도 느낄 수 있었다.

"그… 그렇긴 해…."

나는 간신히 떨리는 목소리를 쥐어짜 냈다.

"하지만…."

그녀는 꿈꾸는 듯한 시선으로,

"암살자를 피해 왕궁을 떠나 마을에 몸을 숨긴 세이룬의 왕자님…. 정말 멋진 분이겠네요…."

우당탕!

나는 의자째 뒤집어졌다.

"이봐, 이봐, 리나! 갑자기 왜 그래?!"

"무슨 일이 있었나요?!"

"아무것도 아니야…."

나는 최대한 평정을 가장하며 몸을 일으켰다.

실은 예전에 그 '제1왕위 계승자'를 만난 적이 있었는데…. 아니, 그만두자. 여기서 굳이 실피르의 꿈을 깨뜨릴 필요는 없을 것이다.

"그… 그런데 실피르, 혹시나 해서 묻는데, 그 친척집에 언제쯤 도착한다고 연락은 했겠지?"

나는 억지로 화제를 바꾸었다.

"아… 예. 전에 카논 시티 메시지 센터에서 연락을 했으니까 틀림없을 거라고 생각해요."

"그럼 역시 이곳에서 신관직 같은 걸 맡을 생각이야?"

의심을 품기 전에 잇달아 질문을 퍼붓는다.

"가능하면 그러고 싶어요. 사실 친척분도 신관과 마법 의사를 겸직하고 계시는데, 신세를 지기만 하는 것도 미안하니 가능하면 제 힘으로 일자리를 찾아볼까 해요. 하지만 지금은 마을이 이런 상태니까 좋은 일자리가 발견될지 어떨지…."

"걱정 마. 이 소란만 일단락되면 일자리는 얼마든지 있을 테니까."

내가 말했다.

아무래도 화제를 바꾸는 데 성공한 것 같다.

"저기예요, 저 갈색 지붕 집."

실피르가 가리킨 것은 마을 중심부… 왕궁과 비교적 가까이 있는 한 채의 집이었다.

평소라면 노점과 관광객 등으로 북적대는 큰길이지만 지금은

때가 때인 만큼 사람의 왕래가 적어서 가로수에 피어 있는 작은 꽃 냄새만 바람결에 풍겨왔다.

똑바로 뻗은 길 저편으로 왕궁을 둘러싸고 있는 높은 벽이 보였고 그 오른쪽에 그녀가 가리키는 집이 있었다.

그리 큰 저택은 아니었지만 잘 만들어진 좋은 집이었다.

말할 것도 없이 그것이 그녀의 친척집이었다. 그녀는 이쪽을 돌아보고 가우리를 물끄러미 바라보더니,

"저기, 괜찮으시다면 잠깐 들렀다 가지 않으실래요?"

"아, 글쎄⋯."

가우리는 검지로 뺨 언저리를 긁으면서 내 쪽으로 힐끔 시선을 돌렸다.

"그래. 일단 그 친척분에게 인사를 해두는 편이 좋을 것 같긴 해."

나는 말했다.

일의 내용은 '그녀를 이 마을까지 무사히 데려다주는 것'이고 의뢰비도 이미 선불로 받았기에 여기서 헤어진다고 해도 특별히 문제 될 것은 없지만 그녀로선 그다지 안면이 없는 친척과 대면하기가 무언가 어색할 것이다.

그리고 지금까지의 경위를 설명하는 데 있어서도 나와 가우리가 있는 편이 좋을 것이다. 애당초 그녀가 친척에게 의지해야만 하는 상황에 빠지게 된 원인도 따지고 보면 나와 가우리에게 있는 거니까.

일행은 대문으로 들어갔다. 실피르는 늑대 머리를 본떠 만든 문고리를 몇 번 두들기고 잠시 기다렸다.

"아무도 없는 걸까요?"

고개를 조금 갸웃거리며 그녀가 다시 문고리로 손을 뻗으려 할 때 그제야 집 안에서 기척이 났다.

얼마 후에 약간 열린 문으로 얼굴을 내민 것은 남자였다.

흰머리가 섞여 있긴 했지만 나이는 그리 들어 보이지 않았다. 나이에 걸맞은 품격의 소유자였지만 내민 얼굴에는 피로와 경계의 기색이 짙었다.

하지만 그것도 문 앞에 서 있는 실피르를 발견하자 곧바로 날아가버렸다.

"오오! 실피르 아니냐!"

미소를 지으며 문을 활짝 연다.

"오랜만이에요, 그레이 삼촌."

역시 웃는 얼굴로 인사를 하는 그녀.

"오랜만이다. 지난번에 왔을 때에는 아직 어린애였는데 정말 예뻐졌구나. 어쨌거나 잘 왔다. 어서 들어오…."

그는 거기서 문득 우리들에게 시선을 멈추더니,

"이 사람들은?"

묻는 말과 눈빛에 의심 어린 태도가 엿보인다.

실피르는 우리 쪽을 돌아보고,

"아, 이쪽은 리나 씨와 가우리 씨예요. 사일라그에서 절 도와주

신데다 이곳까지 호위해주셨어요."

"그거 참 고맙군요…."

그레이 씨는 입구에 선 채 곤란한 표정으로 말했다.

아무래도 나와 가우리는 그리 환영받지 못하는 듯하다.

뭐 그레이 씨 눈에는 우리들 따윈 떠돌이 해결사 정도로밖에 보이지 않겠지만….

"무언가 답례를 해드려야…."

"아뇨. 그건 이미 충분히 받았으니 됐어요."

나는 말했다.

"이분들도 사일라그에서 일어난 사건의 당사자예요. 사정을 설명하는 데에도 함께 있어주시는 편이 확실할 거라 생각해서."

"그… 그래…?"

실피르의 말에 묘하게 안절부절못하는 태도로 집 안팎을 두리번두리번 돌아보는 그레이 씨.

으음, 노골적으로 싫어하고 있다.

"그렇군. 그럼 어디 요 근처 카페에라도…."

"삼촌…?"

그레이 씨의 태도에 눈살을 찌푸리는 실피르. 그때 내가 끼어들었다.

"아뇨. 신경 쓰지 마세요. 저희들은 인사차 온 것뿐이니 이곳에서 실례하지요. 무언가 바쁘신 듯하고…."

"리나 씨…?!"

"아니, 아니. 그런 건 아니라네!"

실피르의 책망하는 듯한 어조와 동시에 그레이 씨는 묘하게 당황하더니,

"특별히 문제가 있는 건 아니네만 지금은 조금…. 아, 맞다. 집 안이 좀 어질러져 있어서 말이지. 음, 조금만 기다려주시게."

그 "아, 맞다"는 건 대체 뭐야?

뭐 아무래도 상관없지만….

그레이 씨는 일방적으로 그렇게 말하고 나서 문을 쾅 닫아버렸다. 쿵쾅쿵쾅, 황급히 멀어져가는 발소리.

"삼촌에게… 무슨 일이 있는 걸까요?"

실피르는 불안한 표정으로 작게 중얼거리고 현관 기둥에 등을 기댔다.

그렇게 기다리기를 잠시….

다시 쿵쾅쿵쾅 분주한 발소리가 다가오더니 다시 얼굴을 내미는 그레이 씨.

"오래 기다리셨습니다. 자, 들어오세요."

그렇게 말하고 우리에게 조금 굳은 억지 미소를 지었다.

나와 가우리는 무의식중에 눈을 마주치고 작게 어깨를 으쓱거렸다.

"자, 드세요. 아무것도 없습니다만."

"고맙습니다."

역시 어색한 미소를 띠며 차를 권하는 아주머니에게 인사를 하고 나는 한입 마셨다.

세 사람이 안내받은 곳은 응접실이었다.

"그러고 보니 트란은요?"

묻는 실피르에게 그레이 씨는,

"아, 아들 녀석은 얼마 전에 결혼을 했단다. 여기서 조금 떨어진 곳에서 마법약 가게를 열고 있지, 가끔 여기에 놀러오긴 하지만. 그건 그렇고 그 사일라그의 사건이라는 것은?"

왠지 이야기를 재촉하고 있다.

"글쎄요, 어디서부터 이야기해야 좋을지…. 순서대로 하자면 발단은 리나 씨가 말씀하셔야 할 것 같네요."

갑자기 배턴을 넘기는 실피르.

으음… 역시 여기선 나와 가우리가 만났던 사건 부분부터 이야기하지 않으면 안 되는 걸까?

그렇다면 이야기를 상당 부분 생략하지 않으면 설명하는 데 밤까지 걸릴 텐데.

"그렇군요. 먼저 저와 이 가우리, 그리고 또 한 사람…."

설명을 시작한 그 순간.

"자네는! 언젠가 만난 그 마법 아가씨가 아닌가!"

옆에서 들려온 걸걸한 목소리에 무심코 돌아보고….

철렁.

잘못하면 심장마비로 죽을 뻔했다.

옆방으로 통하는 문.

그 문이 반쯤 열려 있고 그곳에는 지저분한 아저씨가 한 명 서 있었다.

숨이 콱 막힐 듯한 거구에 드워프를 그대로 크게 늘여놓은 듯한 우람한 체격. 덥수룩한 수염에 마흔 살쯤 되어 보이는 아저씨로 지금은 비교적 편한 옷을 입고 있지만 만약 이 얼굴에 지저분한 무기와 갑옷으로 무장하고 있다면 누가 봐도 어엿한 산적 두목일 것이다.

그렇다. 내가 아는 얼굴이었다.

"아는 사이이십니까?"

당황한 태도로 아저씨에게 묻는 그레이 씨.

실피르와 그레이 씨의 부인 역시 나와 아저씨를 이리저리 번갈아 바라보았다.

사정을 알지 못하는 사람 중 오직 가우리만이 태연했지만, 그건 그가 거물이기 때문이 아니라 그에게 있어서 '사정을 잘 알지 못한다'는 것은 극히 일상적인 것이기 때문에 불과하다.

"음, 예전에 조금."

아저씨는 의젓하게 고개를 끄덕였다.

"신뢰해도 좋은 인물이지."

"그랬군요⋯."

그레이 씨는 크게 안도의 한숨을 쉬고 의자에 추욱 늘어졌다.

"저기… 삼촌?"

실피르는 미심쩍은 표정으로 물었다.

"이분은 대체…?"

"아, 그래. 이분은… 큰 소리로 말할 수는 없지만…."

그레이 씨는 자세를 바로 하고 크지는 않지만 뚜렷한 목소리로,

"이분이 바로 피리오넬 엘 디 세이룬 님. 이 성왕국 세이룬의 제 1왕위 계승자이시다."

…….

"예?"

그녀는 떨리는 목소리로 작게 중얼거리고 잠시 멍해 있다가 느릿느릿 얼굴을 이쪽으로 돌렸다.

"왕자… 님…?"

나는 침통한 표정으로 그녀에게 무겁게 한 번 고개를 끄덕였다.

"후욱."

실피르는 그 자리에서 졸도했다.

우리들이 서로 소개를 마치고 사일라그에서 일어난 사건의 설명을 끝마쳤을 때 그레이 씨의 부인이 2층에서 내려왔다.

"오, 어때? 마리아. 실피르의 상태는."

묻는 그레이 씨에게 그녀는 작게 미소를 띠더니,

"지금은 조용히 잠들어 있어요. 얼마 전까진 심하게 신음했지

만."

"아마 이곳까지 왔다는 안도감 때문에 힘이 빠져서 지금까지의 피로가 한꺼번에 밀려왔을 거예요."

나는 적당히 둘러댔다.

"음, 그런 거였군."

묘하게 늙은이 같은 어조로 감회 깊다는 듯 고개를 끄덕이는 그레이 씨.

물론 사실은 그렇지 않다.

그녀는 자신이 동경하던 '세이룬의 왕자님♡'에 대한 이미지와 '알고 보니 40줄의 지저분한 아저씨'라는 가혹한 현실과의 차이를 견디지 못하고 현실도피로 실신해버린 것이다.

감수성이 예민한 나이이니 어쩔 수 없다.

나는 전에 이 사람이 신분을 숨기고 여행을 하고 있을 때 어떤 사건으로 알게 된 적이 있는데, 이 사람을 상대하는 것은 고역이었다.

이미지와 현실의 차이라는 것도 물론 있지만 이 사람과 함께 있으면 그만 자신의 페이스를 잃고 마는 것이다.

"그럼 이번엔 내가 설명할 차례로군."

필 씨는 그렇게 말하고 쓸데없이 크게 고개를 끄덕인 후 사건을 설명하기 시작했다.

암살자의 습격을 받았지만 그를 간신히 '설득'해서 물리친 것, 하지만 이번엔 자신에게 동조하는 중신들이 암살되기 시작한 것,

그 점을 우려한 나머지 자객들의 시선을 자기 쪽으로 끌기 위해 왕궁을 홀로 빠져나와 그레이 씨 댁에 숨었다는 것, 그리고 예상대로 자객들은 필 씨를 찾아내는 데 혈안이 되어 다른 중신들이 암살되는 일은 없어지게 되었다는 것….

그래…. 그레이 씨는 우리들을 집에 들였다가 잘못해서 필 씨를 숨겨주고 있다는 게 들통날까 봐 두려웠던 거였다.

"그레이에겐 폐를 끼쳐서 미안하게 생각하고 있다."

"전하…. 그런 황송하신 말씀을….."

그래. '전하'다. 이거라면 적어도 '왕자'보다 이미지와 현실의 차이는 적다.

스스로 생각해도 이상한 것에 감탄하는 나.

"그래서 말인데, 리나 님, 가우리 님."

필 씨는 정색을 하고 우리들 쪽을 바라보더니,

"혹시 가능하다면 내 부탁을 들어주지 않겠나?"

두 사람은 얼굴을 마주 보았다. 아무래도 거절할 수 없는 상황인데…. 아아… 또 복잡한 일에 얽히게 될 것 같다….

"일단 이야기만이라도 들어보죠."

나는 말했다.

"음, 내가 홀로 왕궁을 빠져나왔다는 것은 아까도 말했지만, 나에게 동조하는 사람들은 혹시 내가 살해된 것이 아닐까 하고 불안하게 여기는 모양이네. 그래서 그 사람들에게 어떻게든 내가 무사하다는 것을 알려 안심시키고 싶군.

여기 있는 그레이도 5일에 한 번씩 교대로 왕궁 신전에서 일을 보지만 그곳에서 접촉을 하는 것은 너무 위험해서 말이지."

"그렇군요…."

나는 중얼거리고 팔짱을 꼈다.

내부 사람과 접촉하기 위해 대놓고 찾아갈 수는 없다. 그렇다면 상대가 왕궁에서 밖으로 나왔을 때를 기다려 접촉을 해야 하는데 ….

시기가 시기인 만큼 밖으로 나온다 해도 당연히 호위병을 대동할 게 틀림없다. 고로 이 방법도 기각.

그럼 남은 방법은 역시 왕궁으로 숨어드는 것뿐인가?

재미있을지도.

"소식을 전해주었으면 하는 사람은 둘. 어느 한 사람에게 접촉해서 다른 한 사람에게 전해달라고 하면 되네. 다만 두 사람 모두 왕궁 밖으로 나오는 일은 거의 없으니까 만약 의뢰를 승낙한다면 왕궁에 숨어들어야겠지. 꽤 위험한 일임에는 분명하지만."

"하지만…."

드물게 발언하는 가우리.

"이 암살 소동의 주모자가 누군지는 전혀 알지 못합니까?"

그건 나도 알고 싶은 대목이긴 하다. 하지만….

만약 여기서 필 씨가 주모자의 이름을 입에 담으면 우리들은 이 의뢰를 싫어도 맡아야만 한다.

하지만 그는 단지 이렇게 대답할 뿐이었다.

"짐작은 가네. 아니, 녀석말고는 짐작 가는 녀석이 없어. 물론 증거는 전혀 없지만."

"그럼 왕궁에 잠입하는 김에 그 녀석을 제거하는 건 어떨까요?"

이번 것은 나의 발언.

내가 생각해도 꽤 훌륭한 묘안이라고 생각했지만 필 씨는 잠시 눈을 감고 침묵하더니,

"음, 하지만 전에도 말한 것 같은데, 이리 보여도 나는 평화주의자라서 말이지. 이미 이렇게 된 이상 모든 것을 평화롭게 끝내기란 불가능하긴 하지만 녀석을 처단하기 전에 최소한 확실한 승거나 증인은 확보해놓고 싶군."

으음…. 무척이나 성가신 이야기이다.

'이 녀석은 악당!'이라고 단정하고 해치우는 것은 내 특기 중의 특기지만, 증거가 어쩌니저쩌니 하는 것은 성가셔서 성미에 맞지 않는다.

"그리고 접촉을 해주었으면 하는 상대 말인데…. 아, 이 이야기부터는 자네들의 대답을 들은 후에 해야겠군. 분명히 말해서 위험한 일이네. 강요하지는 않아. 싫다면 솔직히 그렇게 말하게."

후우….

나는 쓴웃음을 짓고 한숨을 쉬었다.

"여기까지 관여한 이상, 거절한다고 할 순 없겠죠. 인정상 말이에요."

"고맙네."

필 씨가 말했다.

상대가 누가 됐든 고맙다고 말해야 할 때 고맙다고 말할 수 있다. 그것이 이 사람의 훌륭한 점이었다.

"그럼 이야기를 계속하지. 접촉을 해 주었으면 하는 상대는 먼저 크로펠이라는 사람일세. 내 시중을 들던 사람이지. 또 한 사람은 아멜리아."

"여자분인가요?"

묻자 필 씨는 그답지 않게 쑥스러워하며,

"음…. 실은… 내 딸일세."

""딸?!""

나와 가우리의 목소리가 겹쳐졌다.

무서운 상상을 하고 만 것이다. 즉….

필 씨… 딸… 붕어빵.

아니면 역시 '허를 찌르듯 알고 보니 미인'이라는 패턴일까…?

하지만 '허를 한 번 더 찌르듯 알고 보니 붕어빵'이기라도 하면….

"아름다운 분이십니다."

우리들의 생각을 꿰뚫어 보고서 거들고 나서는 그레이 씨.

"어머님을 닮으셔서…."

작게 덧붙이는 부분이 멋지다.

"저기, 사모님께선?"

묻는 나에게 필 씨는 약간 씁쓸한 미소를 띠더니,

"아내는 오래전에 세상을 떠났다네."

아….

"죄… 죄송해요."

"아, 신경 쓰지 말게나."

잠시 침묵. 조금 무거워질 뻔한 분위기를 깨뜨리고 입을 연 것은 가우리였다.

"그런데… 그 주모자로 보이는 인물은 누구입니까?"

"크리스토퍼 울 브로조 세이룬. 이곳의 제2왕위 계승자…."

필 씨는 신음하듯 낮은 목소리로,

"쉽게 말해… 내 동생이지."

분위기는 한층 더 무거워졌다.

그리하여….

우리 두 사람은 한밤중에 세이룬 왕궁에서 도둑 흉내를 내게 된 것이다.

어둠과도 같은 옷으로 몸을 감싸고 두 사람은 잠입을 개시했다.

'레비테이션[浮遊]' 마법으로 정문을 지키는 보초들의 머리 위를 느릿하게 통과해서 어둑어둑 서 있는 벽에 도마뱀처럼 찰싹 달라붙어 슬금슬금 위로 올라간다.

아마 정문 위에도 보초는 있을 것이다.

역시 다른 곳으로 들어가는 편이 좋았을까…?

이제 와서 그런 생각이 한순간 머리를 스쳤지만 사소한 일에 신경 쓰는 것은 패배로 직결된다.

하지만 걱정과는 달리 정문 위에 보초의 모습은 없었다.

경계가 허술하다. 우리 입장에선 고맙지만….

정문 위에서 왕궁의 상황을 주욱 둘러보았다. 배치는 필 씨에게서 들었지만 경비 태세는 눈으로 직접 확인해둘 필요가 있었다.

광대한 부지 한복판에 잘난 듯 거대하게 우뚝 서 있는 것이 신전. 대관식 같은 공식 행사는 모두 여기서 거행된다고 한다. 좌우로는 작은 건물들이 서 있는데 이쪽에서 봐서 오른쪽이 신관들의 대기소, 왼쪽이 무녀들의 대기소이다. 필 씨의 딸 아멜리아 씨가 있는 곳은 무녀 대기소 쪽이다.

그녀는 이곳 무녀들의 우두머리 역할을 맡고 있는 듯하다.

평범하게 상상해보면 청초한 미인이라는 이미지가 있지만 어찌 됐든 상대는 필 씨의 딸이다. 방심은 할 수 없다.

신전 뒤쪽에 서 있는 것이 본궁. 그곳에는 필 씨의 원래 거처가 있고 지금은 크로펠 씨, 그리고 주모자로 의심되는 크리스토퍼가 있다.

그밖에도 별채니 뭐니 하는 것이 여럿 있었고, 정원에 서 있는 기둥과 건물 구석구석에 밝혀놓은 '라이팅'이 빛을 뿜어댔지만, 광대한 부지에 펼쳐진 어둠을 털어내기란 당연히 불가능했다.

정원의 경비는 오히려 허술했다.

주력을 본궁과 신전에 집중시킨 탓이리라.

누가 생각해도 아멜리아 씨 쪽이 접촉하기에 한층 쉬워 보였지만 그래도 굳이 나는 크로펠 씨와 접촉하기로 했다.

적은 필 씨가 아직 살아 있다는 사실을 알고 있다. 당연히 필 씨의 접촉을 경계해서 아멜리아 씨 쪽에도 상당한 경비 태세를 갖춰 놓았을 것이다.

그것도 몰래.

주모자가 있고 경비도 삼엄한 본궁. 이른바 본거지라고 할 수 있는 이곳으로 침입할 거라고는 설마 생각하지 않을 것이다.

"아, 맞다, 가우리. 너한테 말해둬야만 하겠는데."

정문 위에서 나는 옆에서 몸을 숨기고 있는 가우리에게 작은 소리로 중얼거렸다.

"뭐야? 이런 때에?"

"만약 무언가 말썽이 일어나도 내 공격마법은 기대하지 마. 여기선 내 공격마법의 힘이 여느 때의 절반 정도밖에 나오지 않으니까."

그는 어이없다는 듯이. 하지만 그래도 작은 목소리로,

"이런. 또 그날이야?"

…….

"아… 아니야!"

황급히 설레설레 손을 휘저었다.

나도 모르게 얼굴이 빨개졌다.

하지만… 갑자기 무슨 소리를 하는 거야…. 이 남자는….

"공격마법의 힘이 떨어지는 것은 이 마을의 지형 때문이야!"

자칫 높아질 듯한 목소리를 필사적으로 억누르며 말했다.

"이 마을이? 어째서?"

"어째서… 라니, 여러 가지 이유가 있어."

"여러 가지라고만 하면 몰라. 설명해줘."

호오, 설명해달라고?

"잘 들어. 먼저 이 마을은 구획 자체가 커다란 육방성(六紡星)의 마법진으로 되어 있어…. 육방성이 뭔지는 알고 있지?"

"그 정도는 알아. 그거잖아. 삼각형을 반대 방향으로 두 개 겹쳐 놓은…."

"오오오! 굉장해! 가우리가 그런 걸 다 알다니!"

"너 혹시 날 바보라고 생각하고 있는 거 아니야?"

"당연하지. 뭐 어쨌거나 그 거대한 육방성의 중심에 있는 것이 이 왕궁이야…. 여기까진 알겠지?"

"응."

"육방성이라는 것은 마법적인 견지에서 말하면 '안정된 힘의 흐름', 즉 '균형'을 의미해. 역오방성(逆五紡星)이 자연에 거스르는 힘의 흐름을 뜻하고 오방성이 그것을 해소하는 힘을 의미하는 것과 마찬가지로 말야. 알겠어?"

"으… 응…."

"그것들이 작은 것이라면 무언가 마력적 증폭이라도 하지 않는 한, 호부와 결계로 작용하는 일은 없어. 하지만 만약 그것이 거대하다면 조금씩이나마 그 크기에 비례하는 마력의 결계로 작용해."

"……."

"즉 이 세이룬이라는 마을 자체가 거대한 육방성의 결계로 되어 있고, 이곳은 말 그대로 그 중심부인 셈이야. 당연히 그 간섭력이 강하니까 '균형'을 위한 술법인 백마법의 힘은 증폭되지만 '불균형'을 이용해서 힘을 만들어내는 공격마법은 오히려 그 위력이 감소하는 셈이지. 뭐 그래봤자 처음부터 '파사(破邪)'를 목적으로 한 오방성 정도의 간섭력은 없지만 말야….

뭐, 그렇게 된 거야. 알았지?"

"내가 잘못했어…."

그는 순순히 사과했다.

참고로 이 마을을 이런 구획으로 나눈 것은 초대 왕의 측근이었던 어느 백마법사라고 한다. 여담이지만.

"자… 그럼 가볼까?"

말하고 나는 다시 '레비테이션' 술법을 외웠다.

그리고 두 사람은 왕궁의 정원에 내려섰다.

밤바람을 가르고 우리 두 사람은 전진했다.

훤히 밝혀진 불 주위와 경비병의 눈을 피해서.

확실히 이 분위기에는 나도 모르게 중독될 것 같은 일종의 위험한 짜릿함이 있다.

혹시 도둑 녀석들은 다들 이런 짜릿한 맛에 중독되어 있는 게 아닐까?

하지만 아무 죄도 없는 선량한 일반 시민에게서 물건을 훔친다는 것은 아무리 좋게 봐줘도 정당화할 수 없다. 기왕 훔친다면 이것저것 죄가 많은 불량한 권력자나 집단에게서 훔치는 게 좋다고 생각하지만, 그러는 사람이 거의 없다는 것을 생각하면 역시 도둑 녀석들의 태반은 그저 스스로에게 도취된 근성 없는 녀석들일지도 모른다.

본궁에 다가가는 것은 쉬웠다. 하지만 문제는 지금부터다.

출입구는 말할 것도 없고 건물 주위에도 '빼곡히'라고 할 수 있을 만큼 많은 병사들이 보초를 서고 있었다.

크로펠 씨의 방은 이곳 3층에 있다고 한다. '레비테이션'으로 다가갈 수밖에 없지만 이 본궁은 '라이팅'으로 환하게 밝혀져 있고 층마다 있는 여러 곳의 베란다에는 역시 보초가 서 있다. '레비테이션'으로 느릿느릿 접근하다간 금방 발각되고 말 것이다.

그 빛이 아슬아슬하게 도달하지 않는 장소, 즉 잔디 위에 엎드린 채 이것저것 생각하고 있으려니 역시 옆에 엎드려 있던 가우리가 말을 걸어왔다.

"저기, 리나. 마법으로 커다란 새나 무언가를 불러내서 놈들의 주의를 끄는 건 불가능해?"

"불가능해."

나는 딱 잘라 대답했다.

"만약 적 중에 마력을 감지하는 능력을 가진 녀석이 있다면 단번에 발각되고 말 테니까."

"마력을 감지하다니. 지금까지 몇 번이나 레비테이션 마법을 썼지만 괜찮았잖아."

"그 정도의 약한 술법이라면 괜찮아. 이 근방에는 마법의 빛이 밝혀져 있으니까 '레비테이션' 정도는 '라이팅'의 마력에 묻혀버리거든. 하지만 소환이나 공격마법은 마력의 움직임이 꽤 커. 그리고…."

"그리고?"

"난 소환 계열 마법은 싫어해. 몇 개 쓸 수 있긴 하지만."

"어째서?"

"당연하잖아."

나는 딱 잘라 말했다.

"내가 안 튀어 보이니까."

결국 우리들은 가장 단순한 수단을 취했다. '레비테이션'으로 바깥쪽에서 크게 우회해서 본궁의 지붕에 내린 다음 그곳을 통해 안으로 들어가 3층까지 내려가는 방법.

참고로 본궁은 5층 건물. 두 층을 내려가야만 한다는 것은 조금 힘는 일이지만 다른 방법이 없는 이상 어쩔 수 없다.

지붕에 내려서서 여러 개 나 있는 천창(天窓)을 통해 안쪽을 들여다보았다. 사람이 없는 방이 하나 있었지만 이건 아무래도 함정

같아 보인다.

그래서 시녀로 보이는 뚱뚱한 아줌마가 크게 코를 골며 자고 있는 방을 택했다.

나는 바지 주머니에서 얇은 철판과 바늘을 꺼내 가볍게 자물쇠를 땄다.

"너 혹시… 나 몰래 도둑을 부업으로 하고 있는 거 아냐?"

나의 자물쇠 따는 솜씨에 감탄했다기보다는 어이가 없다는 어조로 말하는 가우리.

"무슨 소리야. 이 정도는 요즘 숙녀에겐 필수라고."

"거짓말 마."

"어쨌거나 안으로 들어가자."

말하고 열린 천창을 통해 미끄러지듯 실내로 들어선다.

융단이 깔려 있기도 해서 두 사람은 거의 소리를 내지 않고 바닥에 내려설 수 있었다.

아줌마는 전혀 눈치채지 못하고서 쿨쿨 자고 있다.

문에 다가가서 바깥 기척을 살폈다.

천천히 문을 열었다.

똑바로 뻗어 있는 긴 복도.

곳곳에 밝혀진 '라이팅'.

아까 그 텅 빈 방 앞에서는 병사 하나가 의자에 앉아서 꾸벅꾸벅 졸고 있었다.

역시 함정이었던 것 같지만 정작 보초가 졸고 있으니 아무런 소용이 없다.

그래도 일단 '슬리핑' 마법으로 쐐기를 박아놓은 후 병사 앞을 지나쳤다.

계단 부근에 도착했지만 이곳에도 어째서인지 병사는 없었다. 아래쪽을 내려다보니 기척은 한참 아래쪽에 몰려 있었다.

그렇다면 주모자인 크리스토퍼가 있는 곳은 1층인가…?

그건 그렇고 이 허술한 경비는 마음에 들지 않는다.

그저 조심성이 부족한 상대일 가능성도 있지만 조심해서 나쁠 것은 없다.

우리들은 그 후에도 병사들 여럿을 마법으로 재우고 거의 아무런 방해 없이 쉽게 3층에 도착했다.

더더욱 맘에 들지 않는다. 혹시….

"어떻게 생각해? 가우리."

똑바로 뻗은 인적 없는 복도를 걸으면서 물었다.

"맘에 안 들어. 함정이라곤 생각하지만 어떤 건지 모르겠어."

"어쨌거나 가볼 수밖에 없지만…. 크로펠 씨의 방에 들어가면 우선 본인인지 아닌지부터 확인할 테니까 가만히 있어."

"알았어. 그런 일은 너한테 맡길게."

적 중에 만약 조금이라도 머리가 돌아가는 녀석이 있다면 크로펠 씨를 다른 방으로 옮기고 그가 있던 방에 비슷하게 생긴 가짜를 재운 다음, 접촉하는 필 씨의 전령, 즉 우리들로부터 필 씨가 숨어 있는 장소를 알아내려고 할 것이다.

아까와 마찬가지의 요령으로 크로펠 씨의 방문을 따고 조금 연다음 재빨리 안으로 들어간다. 당연히 그 뒤에 문은 닫는다.

두 칸짜리 방의 안쪽 방, 바깥 불빛이 비쳐드는 침대에 한 노인이 잠들어 있었다.

인상은 필 씨가 말한 그대로였지만 우리들로선 첫 대면이니 아직 본인이라 단정하기에는 이르다.

나는 조용히 허리의 검을 뽑고 왼손으로 천천히 노인의 입을 막았다.

눈을 뜬 노인의 몸이 움찔, 작게 꿈틀거렸다.

그 목 언저리에 검을 갖다대고,

"큰 소리 내지 마."

억누른 목소리로 말하고 입을 막고 있던 손을 느릿느릿 치웠다.

"크로펠이지?"

내 말에 노인은 꿀꺽 하고 크게 침을 삼키고 두 눈을 크게 뜬 채 말했다.

"크리스토퍼의… 자객… 인가…?!"

아무래도 진짜인 것 같다. 만약 가짜였다면 당황해서 '무언가 잘못 알고 온 거다'고 주장했을 것이다.

나는 가우리를 향해 고개를 끄덕이고 검을 거두었다.

"……?"

내 행동에 크로펠 씨는 의아한 표정을 보였다.

"실례했습니다. 본인인지 아닌지 확인해볼 요량이었어요."

"자네들은 대체…?"

"피리오넬 씨로부터 전언을 가지고 왔습니다."

"전하의?!"

가우리의 말에 놀라 벌떡 침대에서 일어나는 크로펠 씨.

"쉿! 조용히! 자신은 무사하니 걱정하지 말라고 당신과 아멜리아 씨에게 전해달라고만 하셨습니다."

"오오….'

환희에 찬 목소리가 그의 입에서 흘러나왔다.

"그렇구나. 무사하셨구나. 음, 다행이야…. 다행이야….'

이제 거의 울먹이고 있다.

"그래서 전하는… 아니. 그만두지. 계신 곳은 묻지 않는 편이 좋겠어."

"예. 그래서 말인데, 아멜리아 씨에게도 같은 말을 전해달라고 부탁드리고 싶군요. 지금 그녀가 있는 곳으로 다시 숨어드는 것은 너무나 위험 부담이 크니까요."

"그건 그렇군. 그럼 이제 돌아가보게. 너무 오래 있지 않는 게 좋을 테니. 아멜리아 님께는 내가 분명히 전하겠네…. 전하에겐 이쪽은 걱정 마시고 조심하시라고 전해주게나."

"알겠습니다. 그럼….'

그렇게 말하고 우리들은 방을 나섰다. 물론 주위에 대한 경계는 소홀히 하지 않는다.

탈출 경로는 들어왔을 때와 마찬가지. 우리들은 위쪽으로 이어진 계단에 발을 올렸다.

그때.

콰광!

바깥쪽에서 엄청난 폭발음이 났다.

단숨에 소란스러워지는 주위의 분위기.

"뭐냐?! 방금 그 소리는?!"

"무슨 일이냐?!"

"동요하지 말고 자리로 돌아가라! 이건 바깥쪽에 있는 녀석들에게 맡겨라!"

어디에선가 그런 병사들의 대화가 들려왔다.

물론 우리들도 느긋하게 듣고 있었던 건 아니다. 단숨에 계단을 올라가 처음 들어왔던 방으로 뛰어들었다.

밖의 소란 따위에는 관심도 없다는 듯 아줌마는 여전히 코를 골며 잠에 빠져 있었다.

대체 밖에서 무슨 일이 일어난 건지 흥미가 있었지만 지금은 그것보다 일단 탈출하는 것이 우선이다.

나는 가우리의 몸을 안고 '레비테이션'으로 창을 통해 밖으로 나왔다. 일단 지붕 위에 내려선 다음 소리 없이 천창을 닫았다. 열쇠까지 채워주는 건 무리였지만….

자, 이제 남은 것은 이대로 공중 유영….

그렇게 생각한 순간.

"칫!"

가우리가 혀를 차며 검을 뽑았다.

그의 시선이 향하는 곳에 한 사람의 모습이 있었다.

우리들보다 더욱 높은 공중에.

마법사?!

"용무는 끝나셨습니까?"

놀리는 듯한 어조로 말한다.

아마 서른 남짓일 것이다. 긴 망토를 밤바람에 나부낀 채 별을 등지고 하늘에 서 있었다. 잘생겼다고 해도 좋을 용모지만 오른쪽 뺨에 나 있는 커다란 칼자국, 무엇보다도 그 '얼음장 같은'이라고 밖에 표현할 수 없는 시선이 모든 것을 엉망으로 만들고 있다.

용모도 그렇고 나타나는 방식도 그렇고 틀림없는 적이다(편견).

―바깥에서 폭발 소동을 일으킨 것은 아무래도 이 녀석 같다.

우리들의 침입을 알고 여기서 기다리고 있었지만 자신의 기척을 우리들에게 들키는 것을 막기 위해 병사들을 소란스럽게 만들어서 자신의 기척을 얼버무린 것이리라.

어쨌거나 지금은 싸우는 것보다 도망치는 것이 상책이었다.

"레이 윙[翔封界]!"

나는 다시 가우리의 손을 잡고 고속비행 술법을 외웠다. 레비테이션의 속도로는 도저히 이걸 따라잡을 수 없고, 플레어 애로(Flare Arrow) 정도의 공격마법이라면 주위에 펼친 바람의 결계로 튕겨낼 수 있다.

하지만….

두 사람이 지붕에서 날아오른 직후….

쾅!

충격이 왔다. 바로 머리 위에서!

한순간 의식을 잃을 뻔했다.

간신히 술법의 컨트롤을 잃는 것만은 피했지만 속도가 떨어져서 그대로 정원에… 그것도 병사들이 우글우글 몰려 있는 한복판에 비상 착륙했다.

바람의 결계가 있었기에 망정이지 그렇지 않았다면 두 번은 죽었을 것이다. 그 정도로 강력한 충격파였다.

레비테이션을 사용하면서 이만한 위력의 술법을 쓰다니… 상당한 실력자가 분명하다.

느닷없이 사람이 내려오자 허둥대는 병사들.

"뭐냐?! 이번엔?!"

"수상한 녀석이다!"

조금 거리를 두고 두 사람을 포위하는 병사들.

"아고고고고…."

"아야야야야…."

겨우 몸을 일으키는 나와 가우리.

"누구냐! 너희들은?!"

이론에 충실하게 물어오는 대장인 듯한 한 병사.

가우리는 황급히 왼손을 설레설레 휘저으며,

"아, 걱정 마세요. 수상한 사람은 아니니까."

오른손에 검을 든 상태에서 무슨 설득력 없는 소릴 하는 거야? 이 남자는….

"이 녀석들을 나에게 맡겨주지 않겠나? 라제스 대장."

머리 위에서 들려온 목소리에 다들 하늘을 올려다보았다.

그곳에 아까의 마법사가 있었다. 냉소를 띤 채 느긋하게 대지에 내려선다.

"칸젤 님인가…."

대장은 노골적으로 싫은 얼굴을 했다. 아무래도 아는 사이인 듯하지만 사이가 좋은 건 아닌 것 같다.

"하지만 이건 우리 왕궁 경비대의 일이다."

"그가 하고 싶은 대로 하게 해주게, 라제스."

목소리는 다른 곳에서 났다.

본궁 쪽에서 다가오는 그림자 두 개.

앞쪽에서 걷고 있는 것은 마흔 남짓으로 보이는 잘생긴 중년 아저씨.

다소 마른 체격에 한눈에 보더라도 **뺀질**이라는 느낌.

잘생기긴 했지만 좋아할 수 없는 타입이다.

그 뒤를 따르는 것은 아마 그의 아들인 듯, 그를 그대로 젊게 만들어놓은 듯한 미남 청년.

참고로 방금 말을 한 사람은 아저씨 쪽.

"아, 하… 하지만…."

"라제스, 아까 자네가 말한 대로 자넨 왕궁 경비대장이니 내 부탁은 거절할 수 없다고 생각하는데."

"……."

그 말을 듣고 침묵하는 대장.

잘생긴 아저씨에 대해 알게 된 것은 두 가지.

첫째, 얼굴은 둘째치고 성격은 안 좋다.

둘째, 이 남자가 아마도 크리스토퍼….

"그럼…."

칸젤은 오른손을 조용히 우리들 쪽으로 뻗더니,

"죽이겠습니다."

말하고 갑자기 주문을 외우기 시작했다.

뭐어어어어어어?!

보통은 '붙잡아서 필 씨가 있는 곳을 알아낸다'는 식의 전개여야 하는데 느닷없이 다짜고짜 '죽이겠다'고 한다. 우리들도 놀랐지만 미형 아저씨 쪽도 이 말에는 꽤 놀란 듯했다.

"자, 잠깐! 칸젤! 너 대체 무슨 짓을…?"

마법사의 오른손에 빛이 감돌았다. 주문 완성이 이상하리만큼 빠르다!

"죽어라."

오른손의 빛이 뿜어 나온 그 순간….

나와 가우리는 다시 하늘을 날고 있었다.

나 역시 그저 멍청히 녀석들의 이야기를 듣고 있었던 것만은 아니었다. 그 틈에도 '레이 윙'의 주문을 외워 날아오를 타이밍을 살피고 있었던 것이다.

칸젤의 두 번째 공격은 제시간에 맞출 수 없을 것이다. 우리들은 서쪽 문을 향해 직진했다.

그때….

부웅!

밤하늘을 붉은 빛이 꿰뚫었다.

"우욱!"

가우리가 흐릿한 비명을 질렀다.

"왜 그래?!"

"다리에… 스쳤을 뿐이야…. 걱정 마…."

그렇게 말하면서도 꽤 고통스러워 보였다.

아무래도 누군가가 쏜 마력의 빛이 그의 발에 명중한 듯하다.

이 바람의 결계를 깨뜨린 걸 보면 어느 정도 큰 기술이겠지만….

"괜찮아. 금방 데려다줄 테니까."

말하고 나는 발길을 재촉했다.

"뭐, 대충 그렇게 된 거예요."

나는 홍차 잔을 탁 내려놓고 대강의 사정 설명을 마쳤다.

왕궁에서 탈출한 후 그레이 씨에게서 가우리의 상처를 치료받은 다음 날 아침이었다.

"도망칠 때엔 전혀 다른 방향으로 해서 왕궁을 나왔고 가우리의 핏자국도 남기지 않았으니까 이곳이 발각될 염려는 없을 거예요."

"신세를 졌군. 미안하네, 다치게까지 해서….'

"아뇨. 별일 아닙니다."

필 씨의 말에 가우리는 가벼운 어조로 말했다.

하지만 사실 별일은 있었다.

분명 그 마력의 빛은 발을 스쳤을 뿐이었지만 그것만으로도 가우리는 뼛속까지 부상을 입었다. 그레이 씨가 마법 의사로서 상당한 솜씨를 가지고 있었기에 망정이지 그렇지 않았다면 나의 '리커버리[治療]' 정도론 도저히 고칠 수 없었을 것이다.

참고로 실피르는 아직도 잠들어 있다. 아주머니는 마을에 장을 보러 갔다.

"그런데 역시 그 미중년이 크리스토퍼인가요?"

내 질문에 필 씨는 크게 고개를 끄덕이더니,

"음. 나와 비슷한 구석이 있었지?"

전혀 없었어! 그런 건….

"그리고 그를 닮은 젊은이가 역시….'

"크리스토퍼의 아들 알프레드라네. 하지만 문제는 그 칸젤이라는 남자로군. 크리스토퍼 녀석은 '오랜 친구'라고 했지만 아마 그렇진 않겠지. 실제로 크리스토퍼가 그 남자를 왕궁에 손님으로 초대했을 때부터 이 소란이 시작되었으니까."

"그렇다면 자객들에게 직접 명령을 내린 것이 그 녀석이라는 말씀입니까?"

이번엔 가우리.

"아마도 그렇겠지. 하지만 자신의 야망을 위해 그런 자를 친구로 위장해서 왕궁에 끌어들이고, 게다가 나만 노린다면 몰라도 나에게 신뢰를 보여주는 사람들을 암살하다니! 내 동생이라곤 해도, 아니, 동생이기에 더욱 용서하기 어렵군!"

"하지만 앞으로 어떻게 하실 생각이신가요?"

나는 필 씨에게 물었다.

"이대로 가만히 숨어 있을 수도 없고, 증거를 잡으려고 해도 왕궁 안으로 들어가지 않으면 어쩔 수가 없는데. 그렇다고 매일 숨어드는 것도 불가능한 노릇이고⋯."

"음, 그 점일세."

필 씨는 팔짱을 끼더니,

"물론 언젠가는 내 발로 다시 왕궁으로 돌아가서 녀석과 정면으로 대결하지 않으면 안 되겠지.

하지만 그저 돌아가기만 한다면 상대는 내가 새장 속의 새라고 안심하고는 다시 중신들의 암살을 꾀할 것이 틀림없네. 그래선 내가 돌아가는 의미가 없지. 아니, 오히려 돌아가지 않는 편이 나아.

문제는 돌아갈 계기, 시점일세."

콰당!

방문이 크게 소리를 내며 열린 것은 바로 그때였다.

"큰일이에요!"

새파랗게 질린 안색으로 서 있는 것은 장을 보러 나갔던 아주머니였다.

"무슨 일이요?! 마리아!"

아주머니는 묻는 그레이 씨와 필 씨의 얼굴을 번갈아 보더니,

"지금 마을에… 왕궁에서 내린 방이 나붙었는데… 어젯밤 암살자로 여겨지는 침입자들과 접촉한 크로펠 공을 제포했다고…."

"뭣이?!"

술렁거리는 일동.

"크로펠 공은 이번 암살 소동의 중요 인물로 간주되고 있고, 크리스토퍼 왕자는 엄격한 처분을 생각하고 있다고…."

"그 녀석, 내가 움직이는 것을 기다릴 생각이군."

분한 듯 말하는 필 씨.

"죄송합니다. 저희들이 발각된 탓에…."

가우리가 말했다.

"아니, 그렇진 않네. 아마도 이건…."

자신만만한 미소를 띠며 필 씨는 천천히 의자에서 일어섰다.

"움직일 때가 되었다는 뜻일 거야."

"그런 거라면…."

"함께 가도록 하죠."

그렇게 말하고 나와 가우리는 자리에서 일어섰다.

결과적으로 우리들이 움직인 탓에 적들이 원하는 대로 된 셈이다. 이런 상황에서 이대로 '저희들은 부탁받은 일은 끝냈으니까 그럼 이만. 안녕히!'라고 할 순 없었다.

"음, 부탁하네."

필 씨는 의젓하게 고개를 끄덕였다.

"문을 열어라! 피리오넬 엘 디 세이룬이 돌아왔다!"

필 씨의 목소리가 크게 메아리쳤다. 보초를 서던 병사 한 사람이 황급히 통용문을 통해 안으로 뛰어 들어갔다.

그리고….

삐걱거리는 무거운 소리를 내며 왕궁의 문이 안쪽으로 열렸다.

당당한 걸음걸이로 똑바로 나아가는 필 씨. 그 뒤를 따르는 것은 당연히 나와 가우리 두 사람.

필 씨는 여러 벌 껴입는 방식의 비단 로브 차림. 금실 자수가 요란할 정도였고 왕가의 문장도 새겨져 있다. 상당히 우아한 옷이지만 솔직히 말해 필 씨에겐 전혀 어울리지 않았다.

가우리는 작별 인사 대신으로 그레이 씨에게서 받은 헐렁한 모시 옷에, 여느 때의 아이언 서펀트 가슴 갑주와 허리에 찬 롱 소드.

그리고 나는 이 마을에서 새로 산 로브와 검은색 바지. 미스릴 섬유로 짠 검정 망토, 미스릴과 용의 뼈를 깎은 것 등을 겹쳐서 만든 얇은 금테 장식 숄더 가드. 검은색 머리띠와 쇼트 소드. 그리고 여기저기에 박혀 있는 보석 호부.

"이… 이 두 사람은…?"

우리들을 발견하고 병사 중 한 사람이 필 씨에게 물었다.

"우리 편이다."

쌀쌀맞게 쏘아붙이고 다시 성큼성큼 나아간다.

"전하다!"

"전하께서 돌아오셨다!"

병사들은 제각각 소리치며 잇달아 몰려들었다.

아무래도 왕궁 내에서 필 씨의 인망은 꽤 두터운 듯하다.

"음?"

필 씨의 걸음이 멎었다.

정면에 있는 신전에서 나오는 사람을 확인하고.

한 무녀였다.

"야호! 아버지!"

감격의 재회 장면과는 너무나 거리가 먼 가벼운 목소리에 나와 가우리는 무심코 걸음을 멈추었다.

분명히 말해두겠다….

귀엽다.

나이는 나와 동갑인 정도일까? 어깨 부근에서 지른 윤기 나는 검은색 머리카락, 다소 동안(童顔)에 큼직한 눈망울. 무녀 예복은 조금 헐렁했지만 그것이 오히려 어린애 같은 사랑스러움을 자아냈다.

물론 필 씨와는 눈곱만큼도 닮지 않았다.

"오오! 아멜리아! 잘 지냈느냐!"

"물론이죠! 무사할 거라 믿고 있었어요, 아버지!"

말하면서 필 씨에게 안겨든다.

"이런, 이런. 걱정은 안 했어?"

"조금. 하지만 정의는 반드시 승리하잖아요!"

위험한 반정부주의자 같은 말을 하고 승리의 자세를 취해 보인다.

그리고 우리들 쪽으로 힐끔 시선을 돌리더니,

"그런데 이분들은?"

"아! 이쪽은 리나 님, 그리고 이쪽은 가우리 님. 내 편이란다."

정말 대략적인 설명이다.

필 씨답다고 하면 분명 그럴지도 모르겠지만….

그는 이번엔 우리들을 향해 그녀의 어깨를 가볍게 안으면서,

"이 아이가 내 둘째 딸 아멜리아라네."

"둘째?"

무심코 나는 되물었다.

"음, 딸이 하나 더 있다네. 첫째 딸 그레이시아는 얼마 전에 수행 차 여행을 떠나서 아직 돌아오지 않았지."

"언니 특성상 어딘가에서 길이라도 잃었나 보죠."

싱글벙글 태연하게 말하는 아멜리아 씨.

왠지 긴장감이 없다….

필 씨는 아멜리아 씨의 머리를 난폭하게 쓰다듬더니,

"아버지인 내가 말하긴 뭐하지만 상당한 미인이지? 날 닮아서."

"안 닮았어. 안 닮았어…."

안 들리게 중얼거리는 나와 가우리.

"잘 부탁해요!"

척! 하고 한 손을 치켜들고 쾌활하게 인사를 했다.

대체 저 기운은 어디서 솟아나는 것일까?

"아… 예…."

"저야말로…."

대충 인사를 끝마치자 그녀는 시선을 돌리더니,

"숙부님이 오신 것 같아요."

왠지 의미심장하게 말한다.

뒤를 돌아보니 신전 입구에서 낯선 그림자 셋이 이쪽으로 오고 있었다.

말할 것도 없이 크리스토퍼와 그의 아들 알프레드, 그리고 그 칸젤인가 하는 마법사였다.

"형님 아니십니까? 무사하셨군요."

"음…."

괴로운 표정으로 고개를 끄덕이는 필 씨.

"대체 어디에 가 계셨습니까? 정말 걱정했습니다."

크리스토퍼는 사뭇 뻔뻔한 어조로 말했다. 물론 그가 사건의 주모자라는 것은 필 씨도 느끼고 있었다. 그것을 알면서도 필 씨를 놀리고 있는 것이다.

"그런데 뒤에 있는 두 사람은?"

굳이 물을 것도 없이 눈치챘을 것이다. 어젯밤 왕궁에 숨어든 사람이 우리들이라는 사실을.

얼굴을 가리고 있었다곤 해도 숨어든 것이 두 사람, 함께 데려온 것도 두 사람. 감과 상상력을 조금이라도 가지고 있다면 거기에 등호를 붙이는 것은 그리 어려운 일이 아니다.

"이 두 사람이요?"

하지만 크리스토퍼의 물음에 대답한 것은 아멜리아 씨였다.

"아버지의 오랜 친구시래요."

그 말에는 크리스토퍼도 머쓱해졌다. 뻔히 보이는 거짓말이었지만 그렇다고 해서 같은 거짓말을 했던 그쪽 입장에선 뭐라고 할 수도 없었다.

"그… 그렇습니까…?"

죽을 정도로 얼빠진 대답을 할 수밖에.

"이쪽이 리나 인버스 님. 그리고 이쪽이 가우리 가브리에프 님."

"호오…. 당신이 그 리나 인버스?"

필 씨의 소개에 재미있다는 듯 말한 것은 그 칸젤인가 하는 마법사였다.

아마도 항간에 퍼져있는 나에 대한 이런저런 소문을 귀담아 들은 녀석인 걸까….

"무엄하다, 칸젤."

"이거 실례."

크리스토퍼의 질책에 마법사는 깊이 머리를 숙였다.

어딘지 이 남자의 태도에는 사람을 깔보는 듯한 구석이 있다.

"소개할게요."

아멜리아 씨는 우리들을 향해,

"이쪽은 크리스토퍼 씨. 저의 사랑하는 삼촌이에요."

그 말을 듣고 괴로운 표정을 짓는 크리스토퍼.

"이쪽이 사촌 알프레드. 그리고 이쪽이 삼촌의 오랜 친구 칸젤 씨.

왕궁에 초대받자마자 소란이 일어나 불쾌한 경험을 하신 것 같아서 마음이 아파요."

아멜리아 씨는… 꽤 과격하게 나왔다. 병사들이 지켜보는 가운데 꽤 큰 목소리로 말하고 있었다. 병사들도 대충 사정은 알고 있는 듯 그중에는 노골적으로 쓴웃음을 짓거나 조소하는 시선을 크리스토퍼에게 보내는 사람도 있었다.

"아, 처음 뵙겠어요."

나 역시 싱글벙글 웃음을 띠며 세 사람에게 뻔뻔하게 인사를 해줬다.

이것을 가볍게 받아넘길 수 있다면 거물이겠지만, 크리스토퍼는 안절부절못하기 시작했다.

"하지만 무사해서 다행입니다. 그럼 전 이쯤에서 실례를…."

그렇게 말하고 허둥지둥 등을 돌린다. 거기에 대고 필 씨가 말했다.

"잠깐, 크리스토퍼."

움찔! 작게 몸을 떨고 크리스토퍼는 마지못해 이쪽을 돌아보았다.

"무슨 일이신지…?"

"크로펠을 풀어줘라."

"그건 어려운 일이군요."

크리스토퍼는 그제야 미소를 되찾더니,

"그 노인장은 어젯밤 침입한 자와 접촉을 했습니다. 이 일련의 암살 사건과 큰 관계가 있을 것 같군요."

"무슨 소리냐? 그건 어제 내가 보낸 밀정이다."

"미….…"

너무나 당연하다는 듯 말하는 필 씨에게 크리스토퍼 쪽이 말문이 막혔다.

설마 이렇게 대놓고 말할 줄은 생각지도 못했으리라. 솔직히 말해 나도 생각지 못했다.

"밀정… 이라니… 대체 어째서?"

"그건 말할 수 없군."

말하고 나서 사뭇 의미심장한 미소를 씩 짓는다.

크리스토퍼는 그 이상 캐묻지 않았다. 자신에게 켕기는 데가 있으니 스스로 이것저것 멋대로 결론을 내리고 마는 것이다.

"그 밀정들을 시켜서 어젯밤 크로펠에게 연락을 취한 것이다.

돌아오는 도중 정원에서 다른 수상한 일당과 맞닥뜨려서 파이어 볼을 맞을 뻔했다고 하던데, 그 녀석들이 바로 암살자가 아닐까?"

"……."

"그렇게 되었으니 크로펠을 석방하러 가자."

"하… 하지만…."

"뭐? 또 할 말이 있나?"

"정말… 입니까…? 그 이야기….."

"거짓말을 해서까지 크로펠을 감쌀 이유는 없지 않나. 내가 이번 암살의 주모자라고 하면 이야기는 다르지만. 설마 그렇게 생각하는 건 아니겠지?"

"터, 터무니없습니다!"

황급히 부정하는 크리스토퍼.

"그럼 불만은 없겠지? 가자."

"아, 나도, 나도! 수속하는 거 도와드릴게요."

앞장서는 아멜리아 씨.

필 씨는 우리들을 향해,

"잠시 성가신 수속을 밟아야 하네. 옆에서 보고 있어봤자 따분하기만 할 테니까 그동안 왕궁 구경이라도 하고 있게."

그래도 되나? 자신에게서 우리들을 떼어놓아도….

뭐, 주위에는 병사들도 있으니 대낮부터 습격하진 않겠지.

크리스토퍼도 생각보다 거물은 아닌 것 같고.

"누군가에게 안내를 시키도록 하지. 그렇군….."

"괜찮으시다면 제가."

주위를 둘러보는 필 씨의 앞에 나선 것은 다름 아닌 칸젤이었다. 일동은 잠시 말을 잃었다.

아무래도 이 남자 쪽은 크리스토퍼와는 달리 상당한 수완가로 보인다.

"그렇군요. 그럼 잘 부탁합니다."

말하고 나는 싱긋 미소 지었다.

자, 희극의 시작이다.

백휘석(百輝石)으로 만들어진 완만한 계단을 올라 열려 있는 큰 문으로 들어가자 그곳에는 거대한 아치형 공간이 펼쳐져 있었다.

가지각색의 스테인드글라스는 왕국의 탄생을 이야기하고 있었다. 너무 화려하지도 않고 그렇다고 너무 소박하지도 않은, 그야말로 절묘하게 배치된 여러 장식들은 이 공간을 엄숙하긴 하지만 결코 답답하지 않은 것으로 만들고 있었다.

그리고 안쪽 제단을 향해 직선으로 깔린 한 줄기 붉은색 융단.

"이곳이 신전이다. 모시고 있는 것은 적룡신 쉬피드. 대관식도 여기서 거행된다고 하더군."

그리 흥미 없다는 말투로 담담히 설명하는 긴젤.

"이곳의 좌우로 건물이 하나씩 있는데 왼쪽이 무녀, 오른쪽이 신관 놈들의 대기소라더군. 어쨌거나 우리들과는 상관없지만."

신관 놈들이라니, 너….

난폭한 녀석이다.

나와 가우리, 칸젤 세 사람은 신전 안쪽으로 향했다.

"더 가면 방금 말한 대기소의 입구가 나온다. 좀 더 가면 본궁으로 통하는 옥외 복도가 있고."

꽤 일방적인 설명을 하면서 성큼성큼 걸어간다. 이래선 느긋하게 주위를 둘러볼 틈도 없다.

하지만 이 남자…, 굳이 나서서 안내를 하겠다고 한 건 우리 두 사람에게 도전할 속셈인 것 같은데 그런 것치곤 그런 낌새를 보이지 않는다.

나는 강하니까 도망치려면 지금이다 하는 식의 위협을 한다든지, 추근추근 고시랑고시랑 빈정거림 대결이 전개되기를 기대하고 있었는데.

아니면 이쪽에서 말을 걸어올 때까지 기다리고 있는 건가…?

그렇게 생각하는 가운데 일행은 본궁으로 통하는 지붕 달린 옥외 복도로 접어들었다.

엄청 좋은 날씨였다.

하늘은 구름 한 점 없이 개어 있었고 햇살은 적당히 따뜻했다.

이런 상황이 아니라면 정원 잔디 위에서 느긋하게 볕이라도 쬐고 싶은 심정이었다.

무심코 멍하니 경치를 바라보고 있는 사이에 칸젤의 걸음걸이를 따라잡지 못하고 조금 뒤처지고 말았다. 문득 정신을 차리고 나는 걷는 속도를 높였다.

하지만….

이상하다.

아무리 걸음을 재촉해도 앞서가는 칸젤과 가우리의 등은 조금도 가까워지지 않았다. 오히려 점점 멀어진다.

두 사람은 순식간에 작아졌고 이윽고 콩알만 한 크기로 작아지더니 사라졌다.

이때 이미 나는 적의 술법에 빠져 있었다.

2. 왜 날 노려?! 내가 대체 뭘 했다고?

나는 뒤를 돌아보았다. 하지만 앞에도, 뒤에도 그저 인적 없는 복도만이 길게 뻗어 있을 뿐. 그 끝에는 신전도, 본궁도 없었다.

공간이 일그러졌다.

그렇게 생각할 수밖에 없는 현상이지만 과연 이런 일이 가능한 것일까?

뭐… 소환 계열의 술법이란 곧 공간의 인과 법칙을 왜곡시켜 무언가를 불러내는 원리이므로 응용하면 이런 것도 가능할지 모르지만….

어쨌거나 이것저것 시험해볼 필요가 있었다.

복도에는 특별히 좌우로 난간이 있는 것도 아니었다. 일정한 간격으로 서 있는 대리석 기둥이 지붕을 떠받치고 있고, 그 기둥 바로 바깥은 푸릇푸릇한 잔디 정원이었다.

일단 그곳을 통해 뜰로 나가보기로 했다. 부디 나간 순간 복도마저 사라져버리고 온통 잔디뿐인 벌판 한가운데에 내팽개쳐지는 일은 없기를….

"에잇."

기합을 넣으면서 복도에서 한 발짝 밖으로 나선 그 순간.

한순간 현기증과 비슷한 감각이 스윽 엄습했고….

나는 다시 복도 한복판에 서 있었다.

"아. 역시."

이건 대체 어떻게 된 걸까?

원래는 여기도 매우 평범한 공간일 텐데… 그렇다면….

내가 문득 어떤 생각을 떠올렸을 때.

복도 끝, 먼 저편에서 무거운 발소리가 다가왔다.

그랬군. 그랬어.

아무래도 나를 이곳에 초대한 누군가는 발소리의 주인과 나를 여기서 대전시키고 싶었던 모양이다.

발소리의 주인의 모습은 아직 보이지 않지만 말 떼가 폭주해 다가오는 듯한 이 소리로 보건대 그리 얌전한 상대는 아닌 듯하다.

초대한 사람에겐 미안하지만 가능하면 기권하고 싶다.

과연 잘될지 어떨지….

나는 주문을 외우기 시작했다.

소환 계열의 술법으로 원래는 하늘을 나는 석마수(石魔獸) 가고일을 소환하는 것이지만 주문의 형태를 조금 바꾸어 다른 것을 불러내기로 했다.

주문의 원리와 의미를 잘 이해하고 있다면 이 정도는 즉석에서 가능하다.

주문을 외우는 사이에도 발걸음은 점차 다가왔다. 그리고….

나의 주문은 완성되었다.

주문의 힘을 해방하는 것과 동시에 나의 눈앞에 희고 작은 것이 출현했다.

파닥파닥파닥.

그것은 가벼운 소리를 내며 날개를 치더니 복도 바깥으로, 푸른 하늘을 날아갔다.

"비둘기잖아?"

가우리가 작게 중얼거렸다.

나는 원래의 평범한 옥외 복도로 돌아와 있었다.

조금 앞에 가우리와 칸젤의 등이 보였다.

"어찌어찌 성공한 모양이야."

말하면서 잰걸음으로 두 사람에게 달려갔다.

"뭐가?"

"아무것도 아냐."

라고 묻는 가우리에게 대답했다.

즉 이렇게 된 것이다.

알기 쉽게 설명하는 것이 좀 어렵지만….

왜곡된 공간 속에서 나는 평범한 비둘기 한 마리를 불러냈다.

당연히 그때 본래 있어야 할 공간과 왜곡된 공간이 접촉하게 된다. 그 순간 공간의 복원력… 즉 부자연스럽게 왜곡된 공간이 본래 있어야 할 모습으로 돌아가려 하는 힘이 작용했고 그것이 그 공간을 억지로 만들고 있던 힘을 이긴 것이다.

아마도….

뭐, 나로선 무언가 원래의 세계와 접점을 가질 수 있다면 왠지 불안정해 보이는 이 기술을 깨뜨릴 수 있지 않을까 하고 단순하게 직감한 것뿐이지만.

"호, 제법이시네요, 칸젤 씨."

나는 도리어 신이 나서 말했다.

"무슨 소리지?"

하지만 그렇게 말하는 칸젤의 표정에 감정 변화는 일어나지 않았다.

뭐, 어찌 됐든 왕궁에서 보내는 나날은 이렇게 스타트를 끊었다.

바람결에 들려오는 벌레 소리에 귀를 기울이면서 나는 침대에서 잠을 이루지 못하고 있었다.

침실로 배정된 것은 필 씨의 침실에서 조금 떨어진 객실로, 가우리는 옆방이었다. 물론 만약 필 씨의 방에서 무슨 일이 생기면 곧장 감지하고 달려가도록 되어 있다.

기본적으로 필 씨의 경호는 정규 병사들의 몫이었다. 우리들도 호위 의뢰를 받고 있긴 하지만 아무리 명목상이라곤 해도 왕궁 안에서 어디까지나 우리들은 손님 취급이었다.

따라서 밤의 경비는 정규 병사들이 하게 되어 있었기에 안심하고 푹 잘 수 있어야 정상이었지만….

왠지 나는 잠이 오지 않았다.

여러 가지 일들이 있었고, 지쳐 있기도 했는데도 말이다.

침대의 안락함은 만점. 흠잡을 구석조차 없다.

그렇다면 생각할 수 있는 것은 오직 하나.

무슨 일이 일어날 것이다. 오늘 밤.

흔히 말하는 육감이다.

그렇다면 야습이라도 있는 걸까? 역시….

위험한 일을 막연히 생각하면서 블라인드 틈새로 새어드는 희미한 달빛을 나는 멍하니 지켜보고 있었다.

"?!"

조용히 몸을 일으켰다. 달빛에 그림자가 생겨나 있었다.

구름은 아니었다. 창 밖에 누군가가 서 있는 것이다. 베란다조차 없는 3층 창 밖에.

동시였다.

내가 검을 잡고 침대에서 뛰어내린 것과.

밖에 있는 누군가가 창틈으로 칼을 꽂아 넣어 자물쇠를 베어낸 것은.

휘잉.

크게 열린 창에서 밤공기가 밀려들어왔다.

밤하늘을 검게 가르며 그것은 공중에 떠 있었다.

"방을 잘못 찾아온 것 아냐?"

그렇게 말하면서도 나는 머릿속에서 작전을 짰다.

암살자는 창에서 방 안으로 들어와 소리도 없이 바닥에 내려섰다. 두 눈 의외의 부분은 모두 검은색으로 덮여 있어서 그 표정을 읽어내기란 불가능했다.

기척은 거의 느껴지지 않았다. 상당한 실력자다.

"이런 밤중에 여자 방에 숨어들다니. 이름 정도는 밝히는 게 어때?"

"즈마."

슬쩍 비아냥거리자 뜻밖에도 대답이 돌아왔다. 한순간 어떻게 반응해야 할지 몰라 당황한 나.

"헤에… 감탄했어. 자신의 이름을 밝히다니. 꽤 예의 바른 암살자네?"

"이름을 밝히는 걸 원칙으로 하고 있다. 의뢰자와… 죽을 사람에겐…."

그렇게 말한 순간.

바람이 움직였다.

몇 발짝만 물러서면 벽이다. 그리고 왼쪽에는 침실용 탁자. 오른쪽으로 도망칠 수밖에 없지만 당연히 상대는 그것을 예측하고 있을 것이다.

그런 생각 따위를 한가하게 하고 있었던 건 아니지만 어쨌거나 나는 물에 뛰어드는 자세로 즉시 침대 위를 뛰어넘었다. 황급히 자세를 바로잡고 서둘러 주문을 외우기 시작한다.

즈마는 내가 몸을 피한 것을 확인하자마자 공중에서 몸을 반전

시키더니 역시 소리도 없이 벽을 차고 그 반동을 이용해 이쪽으로 도약했다.

그 공격도 나는 간신히 피했지만 그 순간 즈마도 무언가 주문을 외우고 있다는 것을 알았다.

박자로 보건대 공격주문은 아닌 것 같은데….

단순한 주문 대결이라면 밀리지 않겠지만 접근전에 있어선 상대의 기량이 몇 단계 위였다.

즈마는 내가 휘두른 검을 피하며 계속해서 나에게 접근했다.

맨손으로.

만약 상대가 무기를 쓴다든지 나에게 검이 없다면 지금쯤 결판이 났을 것이다. 그다지 인정하고 싶지는 않지만.

창에서 새어드는 달빛만이 전부인 전투였다. 좀처럼 간격을 잡기 힘들었다. 지금 외우고 있는 공격주문으로 단번에 해치우지 못한다면 '라이팅' 같은 것을 집어던져줄 테다. 조명과 눈가림, 일석이조의 공격을 나는 머릿속에 그렸다.

"리나! 무슨 일 있어?!"

문에서 격렬한 노크 소리가 난 것은 정확히 그 순간이었다.

"가우리!"

이상을 느끼고 와준 것이다. 하지만….

문은 내가 안쪽에서 잠가두었다.

평소의 버릇이라고 하면 그만이지만 이번에 한해선 그야말로 사활이 걸린 문제였다. 한가하게 문을 열어주러 갈 여유는 없었다. 결국 문을 부수고 도와주러 올 때까지 어떻게든 버틸 수밖에 없다.

"브람 블레이저[靑魔烈彈波]!"

내가 쏜 빛의 충격파를 즈마는 가볍게 피했고, 빛은 창을 빠져나가 허공으로 사라졌다.

"다크 미스트[黑霧炎]."

즈마의 낮은 목소리가 내 귀에 묘할 정도로 뚜렷이 도달한 그 순간….

부웅!

암흑이 방을 지배했다.

"어?!"

나는 놀라 소리를 질렀다.

일체의 빛이 방에서 사라졌다.

물론 시야는 제로.

일단 지금 있는 위치에서 몸을 피하며 황급히 주문을 외우기 시작했다.

"빛이여!"

겹친 손바닥에서 마력의 빛이 방출되는 느낌은 있었다.

느낌만.

빛은 생겨나지 않았다.

아무래도 이 술법은 그저 빛을 차단한 것이 아니라 검고 짙은 안개 같은 것을 만들어냈든지, 아니면 어둠을 발생시켰든지 둘 중 하나인 듯하다.

상대의 기척은 느껴지지 않았다.

물러간 것이 아니라 기척을 죽인 것이리라.

물론 이 상태에선 그쪽도 이쪽을 보지 못하겠지만 즈마 쪽은 확실히 이쪽의 기척을 포착하고 있다고 보는 게 옳을 것이다.

순간….

서늘한 예감이 내 등을 스쳤다.

이유도 없이 본능적으로 몸을 뒤로 빼고 무작정 손에 든 검을 휘둘렀다.

무언가 내 목에 닿았다.

촤악!

젖은 소리. 고통. 그리고 공기가 새어나가는 소리.

"리나!"

검으로 단단한 것을 베어내는 소리. 그리고 나를 부르는 가우리의 목소리.

"뭐, 뭐야?!"

검게 덧칠된 방에 일순 흠칫한 듯하지만 가우리는 곧장 방 안으로 들어와서 나의 기척을 간파했는지 이쪽으로 다가왔다.

그의 손이 내 팔을 붙잡았다.

"무사해? 리나."

가우리의 물음에 나는 그저 말없이 그의 가슴에 얼굴을 묻었다.

"이제 걱정하지 않아도 돼. 녀석은 아무래도 도망친 것 같으니…. 아봐, 리나. 정말로 괜찮은 거야?"

물론 나는 대답할 수 없었다.

즈마가 으스러뜨린 성대가 그제야 아파오기 시작했다….

"아, 아, 아, 아, 밤, 밤, 리, 리, 나는 리나 인버스…."

이상한 눈으로 보지 말도록.

머리가 이상해진 건 아니다. 단순한 발성 실험이다.

즈마가 모습을 감춘 후 가우리는 자지 않고 보초를 서고 있던 병사 한 사람에게 사정을 이야기하고 나를 신전 마법의(魔法醫)에게 데려다주었다.

한밤중에 일어난 마법의들은 싫은 얼굴 한번 하지 않고 내 목을 훌륭하게 고쳐 주었다.

나는 고맙다는 인사를 하고 나서 치료소를 뒤로했다.

"하지만… 어째서 그 암살자는 너를 습격한 거지?"

신전에서 본궁으로 이어지는, 아까의 그 옥외 복도를 지나면서 가우리가 작게 중얼거렸다.

"그 점이야, 이해가 안 되는 점은. 필 씨를 습격했다면 몰라도. 설마 방을 잘못 찾아온 건 아닐 테고…."

"역시 그거 아냐?"

"뭐?"

"유유상종."

"그래, 그래."

"아니…. 그런 식으로 가볍게 받아넘기면 나도 왠지 좀 슬퍼지는데…."

가우리의 말은 완전히 무시하고,

"아마 양동 작전이었을 거야. 내가 습격당해서 소란이 일어나면 병사들이 달려갈 거고 필 씨 쪽의 경비는 허술해질 테니까 그때를 살펴서 본대가 그쪽을 습격한다.

하지만 경비병들은 그 작전을 간파한 것인지 어떤 건지 모르지만 자리에서 떠나려고 하지 않았다, 그렇게 된 것일 거야. 분명."

"흐음…. 하지만 말야."

납득이 안 간다는 표정으로 말하는 가우리.

"뭐?"

"하지만 그때 널 습격한 녀석 외에 주위에 다른 녀석이 숨어 있는 기척은 없었어."

"으음…."

나는 신음했다.

기척을 탐지하는 가우리의 능력은 가히 짐승 수준, 거의 절대적이라고 해도 좋을 만큼 신뢰성이 있다. 그런 그가 그렇게 말하는이상, 그것이 양동 작전이었을 가능성은 없을 것이다.

옥외 복도에서 본궁을 보니 우리들이 지난밤에 숨어들었을 때와 마찬가지로 경비 태세는 삼엄했다. 그런데도 그 즈마라는 암살자는 다른 사람들에게 들키지 않고 여러 명의 보초를 해치운 뒤

내 방을 습격한 것이다.

하지만… 왜?

"좋은 아침이에요."

나는 한 손을 가볍게 들어 잔디 위 테이블에서 차를 마시고 있는 크로펠 씨와 아멜리아 씨에게 인사를 보냈다.

아직도 졸려 죽겠다.

어제 습격을 받은 후,

습격받을 이유가 나에게는 없으니 방 자체에 무언가 있는 것이 아닐까?

문득 그런 생각이 들어 가우리와 함께 새벽까지 내 방을 이것저것 조사해보았지만 결국 아무것도 나오지 않았기에 헛웃음만 나왔다.

잘 생각해보니 내가 어제 오기 전까지 그곳은 빈방이었으니까 만약 방에 무언가 있었다면 그전에 손을 썼을 것이다.

"어서 와요, 리나 씨! 어제는 큰일 날 뻔했다지요?"

홍차를 벌컥벌컥 들이켜더니 아멜리아 씨는 휘휘 손을 저었다.

아무래도 어젯밤 일은 이미 알고 있는 듯하다.

그녀는 활달하고 붙임성이 좋지만 그뿐만이 아니라 알아야 할 것들도 꼬박꼬박 챙기고 있는 모양이다.

"서서 할 이야기도 아니니 앉아요, 앉아."

권유대로 나는 그녀의 맞은편 자리에 앉았다.

크로펠 씨가 홍차를 따라주었다.

"가우리 씨는 아버지한테 가 있나요?"

"예."

홍차를 한 모금 마시고 대답했다. 입안에 퍼지는 달콤한 향기가 너무나 좋다.

내가 이런 곳에서 어슬렁거리고 있는 것은 일에 태만해서가 아니다.

이번 소란은 자객을 격퇴해봤자 뿌리를 근절하지 않으면 수습되지 않는다. 습격한 녀석들을 붙잡아서 실토시키면 되지만 그건 아무래도 수동적인 방법이다.

그래서이다.

당당하게 공개적으로 탐문을 하기로 한 것이다.

상대에 대한 압박이 될 수도 있고 운이 좋으면 생각지도 못했던 정보를 얻을 수도 있다.

눈엣가시가 되어 표적이 될 위험도 있지만 그렇게 되면 자객을 붙잡아서 배후를 캐내면 그만이다.

어제의 즈마라는 녀석이 나온다면 힘들겠지만….

물론 어디까지나 필 씨의 경호가 주된 임무이므로 나와 가우리 양쪽이 그를 내버려둔 채 탐문을 할 수는 없었다. 그래서 경호 쪽은 가우리에게 맡기고 내가 탐문을 담당하기로 한 것이다.

"하지만 대체 무슨 까닭일까요?"

그녀는 크로펠 씨가 새로 따라준 홍차에 설탕을 왕창 넣더니,

"그러고 보니 어제 당신이 습격당했다는 이야기를 오늘 아침에 했더니 무슨 까닭인지 크리스토퍼 삼촌이 몹시 놀라던데…."

"크리스토퍼… 씨가요?"

나는 무심코 눈살을 찌푸렸다.

주모자인 그가 왜 내가 습격을 받았다는 말을 듣고 놀란 것일까?

"놀란 척을 한 건 아니었고요?"

"아뇨, 아뇨, 아뇨. 그 당황하는 모습은 연기가 아니었어요. 식사도 하는 둥 마는 둥 황급히 나가버리기도 했고."

"그렇군요…."

나는 홍차를 한 모금 마셨다.

아무래도 어제의 습격 사건은 크리스토퍼의 부하가 멋대로 저지른 일인 모양이다.

아마도 칸젤 정도겠지.

적도 연계가 잘 안 되는 모양이다. 그럼 그 부분에 파고들 여지가 있을지도 모른다.

크리스토퍼의 아들 알프레드. 그가 현재 어떤 입장에 처해 있는지는 모르지만 어쩌면 그에게서 무언가를 알아낼 수 있을지도 모른다.

"그런데 아멜리아 씨, 그 알프레드 씨라는 사람은 어떤 사람이죠?"

"흠, 글쎄요."

그녀는 장난스러운 미소를 띠더니,

"직접 물어보지그래요?"

"직접 대답해드리죠."

갑자기 뒤쪽에서 난 소리에 나는 놀라 돌아보았다.

어느 틈에 와 있었는지,

내 바로 뒤에 그 알프레드가 서 있었다.

"이 자리에 실례해도 될까요?"

말하면서 그는 이미 내 왼쪽 옆자리에 앉고 있었다.

"그런데 뭐죠, 아가씨? 저에게 묻고 싶다는 것이?"

어딘지 연기인 듯한 말투로 말하면서 머리카락을 쓸어 올린다.
하지만 그 자세가 묘하게 잘 어울렸다.

마을에 나가서 여자를 꼬시면 열 중 다섯은 걸려들겠지만 나는
이런 타입의 사람을 이렇게 평가하고 싶다.

전형적인 자아도취형.

남녀를 불문하고 이런 상대와 사귀면 꽤 고생한다.

아주 가볍게 사귀거나 상대와 죽이 잘 맞을 때에는 괜찮지만 무
언가 말썽이 생기면 대개 이런 부류의 사람은 자신을 비극의 주인
공으로 만들어서 단번에 원인을 '운명의 장난'으로 돌린 채 반성
따위 조금도 하지 않는다. 잘못해서 이런 부류가 권력을 쥐면 느
닷없이 독재를 하기도 한다.

뭐, 띄워주기만 하면 다루기 쉬운 타입일지도 모르지만.

"아, 그러니까 제가 하고 싶은 말은, 당신이 이 상황을 어떻게 받아들이고 있는지 하는 거예요."

"갑자기 핵심을 찌르시는군요…."

작게 쓴웃음을 지으면서 자연스럽게 주위를 빙 둘러보더니,

"솔직히 말해 그리 환영할 만한 상황은 아니죠. 제 아버지가 저지른 일이니까요…."

이봐… 이봐, 이봐!

그래도 돼? 갑자기 그런 과격한 발언을 해도?!

뜻밖이라고 하면 너무나 뜻밖의 발언에 나와 크로펠 씨는 당황해서 주위로 시선을 돌렸다.

방금 그가 한 말을 들은 것은 아무래도 우리들뿐인 듯하지만…
….

"뭐, 상식이 있는 사람이라면 대개 그렇게 생각하겠죠. 그래서요?"

여전히 태연하게 이야기를 재촉하는 아멜리아 씨.

"변명으로 들리겠지만, 저도 아버지를 설득하려고 한 적은 몇 번 있습니다. 하지만 무슨 말을 해도 '이렇게 하는 것이 나라를 위해서다!' 이 한마디로 끝…. 어쩌면 아버지도 아버지 나름대로 이 나라를 생각하고 있는 건지도 모르겠습니다. 하지만 그래도 이런 수단이 용인될 순 없겠지요.

그렇다고 자신의 아버지를 고발할 수도 없고….

아멜리아!"

알프레드는 갑자기 그녀의 손을 덥석! 잡았다.

"실은 오늘 여기에 온 것도 너에게 부탁이 있어서야! 부탁해. 한 번이라도 좋아.

필 삼촌과 우리 아버지가 이야기를 나눌 기회를 만들어주지 않겠어? 두 사람이 흉금을 털어놓고 차분히 이야기를 나눌 기회가 있다면 분명 아버지도 알아줄 거야!"

말하고 나서 그녀의 눈망울을 빤히 바라본다.

연기로는 보이지 않지만 그렇지 않다고 단정할 수도 없다. 자, 어떻게 판단할까? 아멜리아 씨.

"글쎄."

잠시 뜸을 들이더니 그녀는 말했다.

"알았어. 내가 아버지에게 이야기해볼게."

"아아! 고마워! 아멜리아!"

그는 갑자기 일어나서 그녀를 가볍게 껴안았다.

"그럼 나도 아버지한테 그 이야기를 하고 올게!"

말하고 곧장 본궁 쪽을 향해 달려간다.

그 뒤에는 우리 세 사람과 잠시 동안의 침묵만이 남았다.

"그런데 어떻게 생각해요? 아멜리아 씨. 방금 이야기."

"어려운 대목이군요."

내 물음에 그녀는 모호한 미소를 띠더니,

"어쨌거나 태도가 변한 것만은 확실한 것 같아요."

꽤 무미건조한 소리를 한다.

"하지만…."

그녀는 표정을 바꾸지 않고,

"한 핏줄인 친척의 말을 그대로 믿어줄 수 없다는 것은 역시 좀 싫군요."

가벼운 어조로 말하는 그녀의 표정이 왠지 매우 서글퍼 보인 것은 내 기분 탓만은 아닐 것이다.

"아, 피곤하다. 피곤해."

나는 침대에 몸을 던졌다.

"이봐, 리나. 자지 마."

"알고 있어…."

나는 몸을 일으키고 침대용 탁자 앞에 앉아 있는 가우리를 마주 보는 형태로 침대 위에 앉았다.

흔히 말하는 작전 회의이다.

목욕을 해서 개운하고 저녁을 먹어 배도 부르니 이대로 침대에 드러누워 잔다면 정말 기분 좋겠지만 일단 가우리와 협의를 마치지 않으면 그럴 수도 없다.

"하지만… 너치곤 상당히 지쳐 보이는데?"

"그건 그래. 분위기가 너무 딱딱해서 평소의 내 페이스를 찾을 수 없거든."

가우리는 내 말에 깊이 고개를 끄덕이면서,

"그렇겠지…. 다른 사람이 어떻게 나오든 넌 네 마음대로 하는 성격이니까."

"무언가 불만이 있는 것 같은데…?"

"산더미처럼."

"안 들을래."

"……."

"어쨌거나 이러니저러니 해도 결국 왕궁과 그 주변에는 다들 높은 분들만 있어서 말야. 신경을 안 쓰려고 해도 안 쓸 수가 없어.

평범한 상대라면 그때그때의 분위기에 따라 걷어차든 때려눕히든 별 문제가 생기지 않잖아. 하지만 이런 곳에서 그랬다가는 바로 끌려가니."

"보통 사람이 상대라도 꽤 큰 문제라고 생각하는데, 그건….."

"지나친 생각이야. 그보다 무언가 특별한 거 있었어?"

"전혀."

고개를 젓는 가우리.

"그럼 알게 된 것은? 새로운 소문이라든지."

"없어."

역시 고개를 젓는다.

뭐… 기대는 하지 않았지만….

나는 깊은 한숨을 내쉬었다.

"그럼 내 쪽 말인데, 조금 재미있는 움직임이 있었어."

나는 아침나절에 있었던 아멜리아 씨와 알프레드의 대화를 대충 가우리에게 설명했다.

"그래서 어떻게 생각해? 가우리."

"어떻게… 라니?"

"그—러—니—까! '함정이 아닐까'라든지…."

"함정이 아닐까? 그거."

물어본 내가 바보였다.

"어… 어쨌거나, 함정이든 아니든 그 '대화의 자리'가 실현되면 어떻게든 상황은 변할 거야."

"뭐, 요컨대 될 대로 되는 수밖에 없으니까 잠시 내버려두자는 거지?"

그렇긴 하지만… 그런 식으로 말할 건 없잖아.

직설적인 녀석이라니깐.

그리고 다음 날.

겉으로 보기엔 여느 때와 다름없는 경비 태세. 여느 때와 다름없는 사람들의 움직임.

하지만 물밑에선 여러 가지 일들이 일어나고 있었다.

"아무래도 이야기가 된 모양이야."

점심시간의 작은 식당. 손님용 공간에는 나와 가우리, 급사 외엔 아무도 없다.

필 씨를 비롯한 왕족들은 전용 식당에서 다 함께 식사를 하고 있다.

물론 병석에 있는 현 국왕은 불참이지만.

파티 같은 때 외엔 이렇게 친족 일동이 모여 식사를 하는 것이 관습이라고 한다. 상상만 해도 그 자리의 어색한 분위기가 손에 잡힐 듯 느껴진다.

원래 그 자리를 담당하던 전 급사가 스트레스로 쓰러졌다는 이야기까지 있을 정도이니.

그건 둘째치고.

나의 말에 가우리는 입에 든 음식을 우물우물 삼키더니,

"이야기라니?"

툭….

나도 모르게 숟가락을 스튜 그릇에 빠뜨리고 말았다.

"너… 너 말야…."

떨리는 목소리를 억누르면서 나는 급사에게 들리지 않을 만큼 작은 소리로,

"어제 했던 말을 벌써 잊은 거야?! 말했잖아! 그 두 사람의 회합 말야!"

"아, 그거."

아무 일도 아니라는 듯 말하는 가우리.

"그거라면 그거라고 확실히 말해줄 것이지. 그럼 금방 떠올릴 수 있을 텐데…."

넉시 잊고 있었던 게 맞잖아….

"자세한 일정은 아직 정해지지 않았지만 그리 머지않은 시일 내에 실현되는 것은 분명한 모양이야."

말하면서 나는 테이블 위로 시선을 되돌렸다.

떨어뜨린 숟가락은 스튜 그릇에 완전히 잠겨서 지금은 흔적도 보이지 않았다.

"나 원 참…."

투덜거리며 포크로 스튜 그릇 바닥을 휘저었다.

손 끝에 전해지는 딱딱한 감촉.

순간.

푸학!

소리를 내며 접시가 스튜를 뿜어 올렸다.

"우아아아아아아!"

놀라서 뒤로 몸을 젖히는 나와 가우리.

아니, 접시가 스튜를 뿜어 올린 것이 아니었다.

접시 안에서 스튜와 같은 색의 흐물흐물하고 긴 촉수 같은 것이 수십 개나 뻗어 나온 것이다.

"리, 리, 리나! 이런 기분 나쁜 장난은 치지 마!"

"내가 한 짓이 아니야!"

그렇게 외치는 와중에도 접시에서 자라난 가늘고 긴 촉수는 덥석 테이블에 달라붙더니 그곳을 기점으로 접시 안에 있는 본체(?!)를 빼내려고 바동거렸다.

옆에선 통닭의 배가 멋대로 세로로 갈라지며 안에서 누군가의 두 손이 튀어나왔다.

"이 집 추천 메뉴는 이거야?! 주방장 불러와!"

내가 덤벼든 순간 급사는 무책임하게도 털썩 자리에 무너지더니 한 줌의 소금으로 변했다.

예절 교육이 제대로 되어 있지 않다.

지금은 그런 말이나 하고 있을 때가 아닌가?

촉수의 본체는 이미 모습을 드러내고 있었다.

그것은 두 아름은 될까 하는 크기의 말랑말랑하고 동그란 물체였다.

바닥에 내려선 그것의 꼭대기 부분에 십어 개의 가늘고 긴 촉수가 자라나 있었다.

재미있게 생겼다고 하지 못할 것도 없지만 어쨌거나 한가하게 감상하고 있을 만한 사태가 아닌 것만은 확실하다.

통닭에서 나온 쪽도 이미 반 이상 몸을 드러내고 있었다. 이쪽은 사람 형상을 한 거대한 미역을 변형시켜놓은 형태.

"어떡할래?!"

"어떡할래라니, 일단 도망치고 보자!"

나는 두 개의 문 중 가까운 곳에 있는 문을 열었다.

"⋯⋯?!"

말문이 막혔다.

"왜 그래?! 리⋯."

옆에서 달려오던 가우리도 역시 마찬가지로 말을 잇지 못했다.

문을 연 그곳엔 어디선가 본 듯한 방이 있었고 식탁 하나에 요리가 다수.

기묘한 생물 약 두 마리. 안쪽에는 열린 문. 그 앞에 멍청하게 서 있는 역시 낯익은 뒷모습 둘.

그렇다. 우리들 자신이었다.

"가우리, 뒤!"

"뭐?!"

나의 목소리에 그쪽(?) 방의 가우리가 이쪽을 돌아보았다.

"안녕♡"

괜히 손을 흔들어보는 나.

"쓸데없는 짓 좀 하지 마!"

말이 끝나자마자 가우리는 문을 닫았다.

"뭐야, 이게?!"

"대칭 거울이야."

"그런 기술도 있어?!"

"현상이야. 어쨌거나 저 뒤룩뒤룩 몰캉몰캉한 녀석과 싸우지 않으면 안 되는 것 같아. 어찌 됐든!"

나는 주문을 외우기 시작했다. 가우리도 곧장 허리의 검을 뽑고 흐느적흐느적 움직이는 촉수를 피해 '본체' 쪽으로 달려갔다.

슈욱.

왠지 맥이 빠진 소리가 나며 검의 칼날이 그것의 본체(?)를 꿰뚫었다.

"뭐… 뭐야?!"

찌르던 여세로 몇 발짝 헛걸음질을 치는 가우리. 그 등을 향해 대체 어디에서 만들어낸 건지 모를 무언가 검은 덩어리를 던진다.

"피해!"

내가 외칠 필요도 없이 그는 이미 몸을 피하고 있었다.

검은 덩어리는 바닥에 떨어지자 맥없이 철퍽 찌그러지고 끝이었지만 인체에 달라붙으면 대체 어떤 영향을 미칠지. 호기심이 일긴 했지만 실험해볼 생각은 물론 없었다.

방금 전의 외침으로 주문은 중단되어버렸지만 외우고 있었던 것이 '플레어 애로'였기에 이 녀석들에게 그리 효과가 있을 것으로 생각되지 않았다.

그때.

나는 문득 그리 달갑지 않은 사실을 깨달았다. 스튜 접시에서 또 다른 한 마리가 모습을 드러내려고 했던 것이다.

"가우리! 빛을!"

"응!"

내 말에 응해 그는 검을 칼집에 넣었다. 무언가 착각을 하고 그러는 것은 아니다. 품에서 꺼낸 바늘을 써서 칼날 고정쇠를 제거한다.

"빛이여!"

한 마디 높은 외침 소리를 내며 다시 검을 뽑아 든다.

강철 칼날을 잃은 검의 칼자루에 빛의 칼날이 만들어졌다.

사람의 의지력을 칼날로 바꾸어 마족조차 두 동강 내는 전설의

'빛의 검'!

순간 이상한 것들(그밖에 달리 표현할 길이 없다) 사이에 긴장감 같은 것이 감돌더니 황급히 검은 덩어리를 잇달아 가우리에게 집어던졌다.

어려움 없이 그것들을 피하면서 미역 인간을 베는 가우리.

촤악!

이번엔 무딘 소리와 함께 미역 인간은 그 자리에 추욱 무너지더니 순식간에 증발했다.

물론 나도 그저 구경하고 있었던 건 아니었다. 둥그런 녀석과 방금 쓰러뜨린 미역, 그리고 둥그런 녀석 뒤에 나온, 꼬리와 팔이 잔뜩 달린 토마토가 가우리에게 주의를 기울이고 있는 사이에 이변의 근원인 테이블 쪽으로 달려갔다.

통닭에서 몸이 반쯤 빠져나온 다른 한 마리가 검은 덩어리를 던졌지만 이것은 망토에 맞았을 뿐.

"에르메키아 란스[烈閃槍]!"

내 주문을 정면으로 맞자 그것의 몸에 커다란 구멍이 뚫렸다.

역시….

아무래도 지금 우리들이 상대하고 있는 것은 아스트랄 사이드(정신 세계)의 생물인 것 같다.

내가 사용한 이 주문은 상대의 정신에 대미지를 주는 것으로, 여러 발 명중시켜도 외상이 생기지 않아야 정상이다.

그럼에도 큰 구멍이 뚫렸으니 그것이 정신 생명체와 같은 존재라는 것을 반증한다.

어쨌거나 무엇보다도 발생원을 제거하는 게 우선!

나의 술법을 맞은 그것은 이미 가루로 변해 사라지고 있었다.

쇼트 소드를 뽑아 칼자루로 표면이 이상하게 부글거리는 스튜 접시를 깨뜨리고 다시 칼을 휘둘러 통닭을 단번에 두 동강!

특별히 자랑할 만한 일을 한 건 아니지만 생각해보니….

혹시 발생원인 접시와 통닭에도 통상적인 무기 공격이 통하지 않으면 어떻게 하나 잠시 걱정했지만 다행히도 그렇지는 않은 것 같다.

어쨌거나 이걸로 일단 더 나오는 것은 막았다.

가우리 쪽을 보아하니 촉수 달린 공은 어떻게든 해치운 듯하지만 꼬리 토마토에겐 왠지 고전하고 있었다.

"뭐하고 있어?!"

"조심해! 이 녀석 꽤 강하니까."

에잇!

나는 서둘러 주문을 외우기 시작했다.

이 녀석들에게 효과가 있는 것은 상대의 정신에 직접 대미지를 주는 흑마법과 아스트랄 계열의 술법뿐. 작은 기술로 견제하는 전술이 통하지 않는 만큼 싸우기 힘들다.

그것은 흐물흐물 이상한 움직임으로 가우리의 검을 피하면서 유유히 자신의 꼬리를 잘라 내 쪽으로 날려 보냈다.

투웅!

꼬리는 도중에 한 번 튕기더니 무수한 검은 덩어리가 되어 나를 덮쳐왔다.

즉시 바닥을 굴러 테이블을 방패삼아 간신히 피했다.

이 녀석!

"다크 크로[黑狼刃]!"

테이블 밑에서 몸을 움직여 가우리와 교전 중인 그것을 향해 공격을 날렸다!

날벌레 덩어리 같은 윤곽 없는 검은 마력탄이 그것의 등(이라고 생각한다. 전혀 자신은 없지만) 쪽으로 날아갔다!

그 순간.

아무런 전조도 없이 그것은 슬쩍 옆으로 움직였다.

그 앞에는 가우리.

"우와아아아아앗?!"

비명을 지르면서도 간신히 빛의 검으로 마력의 구슬을 튕겨내는 가우리.

노린 것인지, 우연인지, 튕겨나간 마력의 구슬은 토마토의 몸을 꿰뚫었다.

겨우 끝났다….

"홋! 우리들의 연계 앞에 적은 없어!"

그렇게 말하고 브이 자 사인.

"뭐, 뭐가 연계야?! 바… 방금 그건 정말 무서웠다고!"

"자, 자, 결과가 좋으면 다 좋은 거니까…."

"하지만…."

가우리는 털썩 의자에 앉았다.

"묘하게 피곤한 상대였어…."

"웃기게 생긴 것과는 딴판으로 말이지…."

그렇게 말하며 나도 자리에 앉았다.

그 순간.

"저기, 뭔가 불편한 일이라도 있으십니까?"

갑자기 들려온 목소리에 무심코 방어 자세를 취하는 나와 가우리.

어느 틈엔가.

그곳에는 걱정스러운 얼굴을 한 급사가 서 있었다.

아무래도 정상적인 곳으로 돌아온 모양이다.

"불편한 일이라면…."

"가우리."

멍한 표정으로 무언가 말하려던 그를 제지했다.

"이 사람은 방금 그 사건과 관계없어. 그리고 그에게는 그 뒤로 시간이 전혀 흐르지 않은 모양이고."

방의 분위기는 이변이 시작되기 전과 전혀 변함이 없었다.

테이블 위에 있는 스튜 접시와 통닭조차.

오직 하나.

내 망토에만 조금 전 그 사건의 흔적이 남아 있었다.

그 검은 덩어리를 맞은 부분에 커다란 구멍이 뚫려 있었던 것이다. 부식… 이 아니다. 망토를 구성하는 섬유 자체가 너덜너덜해져 풍화한 듯 약해져 있었다.

그렇군. 이렇게 되는 거였어….

아아, 모처럼 새로 산 망토가….

말없이 멍하니 앉아 있는 가우리와 망토를 만지작거리며 침울해 있는 나.

전혀 사정을 모르는 채 그런 두 사람을 안절부절못하며 바라보는 급사.

그는 이 자리의 어색한 분위기를 없애보려는 의도였는지 가우리에게 말했다.

"저기, 괜찮으시다면 스튜를 더 드릴까요…?"

"죽어도 싫어!"

그는 있는 힘껏 거절했다.

"어떻게… 그럴 수가…."

자신은 자리에도 앉지 않은 채 알프레드가 모호한 어조로 입을 열었다.

우리들의 습격이 있었던 그날 밤의 일이다.

본궁에서 조금 떨어진 별채.

별채라곤 해도 보통 민가 정도의 크기는 되지만, 그 방 하나에 우리 다섯 사람은 모여 있었다.

나와 가우리, 아멜리아 씨와 필 씨, 알프레드.

필 씨를 경호하는 병사들은 지금 이 방 바깥에 있다.

무언가 마법의 도구로 보이는 천장에 매달린 공 모양의 물건이 '라이팅'과 같은 색의 빛을 내서 실내를 밝게 비추고 있다.

"오늘 낮에 리나 씨와 가우리 씨가 이상한 마법으로 습격을 받은 것은 이미 들어서 알고 있을 겁니다."

불안한 모습으로 연신 머리카락을 쓰다듬으며 알프레드가 말했다.

"음, 크리스토퍼 녀석, 대체 뭘 생각하고 있는 거지?!"

팔짱을 낀 채 말하는 필 씨.

"그거 말인데요, 삼촌. 그건 아무래도 아버지가 저지른 일이 아닌 것 같습니다."

"무슨 소리지? 그건."

"물론 대놓고 물어본 것은 아닙니다만 아버지에게도 오늘 사건은 생판 처음 듣는 이야기였는지 굉장히 놀라는 모습이었습니다."

"그렇겠죠…."

나는 작게 중얼거렸다.

"무슨 소린가?"

필 씨가 캐물었다.

"즉, 지금 상태에서 저와 가우리를 습격해봤자 '그'에게 있어선 아무런 의미도 없다는 말이에요. 오히려 자신의 입장만 나쁘게 할 뿐.

따라서 명령을 잘못 알아들었든가, 아니면…."

"그 칸젤이 멋대로 움직인 겁니다."

알프레드가 내 말에 끼어들었다.

그는 어슬렁어슬렁 주위를 서성대면서,

"제가 아버지에게 그 이야기를 했을 때 당황해서 가까이 있던 사람에게 칸젤을 불러오라고 시킨 걸로 보아… 아마 그렇게 된 것이겠죠.

제길! 이런 중요한 시기에! 그 녀석은 모든 걸 엉망으로 만들 생각인가?!"

주먹으로 벽을 쿵! 때린다.

"그 사람은 대체 누구지? 왠지 거만한 태도를 취하는 게 마음에 들지 않는데."

이번엔 아멜리아 씨.

"글쎄요…. 어느 날 아버지가 갑자기 어딘가에서 데려왔습니다. 저에게도 '단순히 아는 사람이다'라고만 말씀하셔서…. 어떤 내력이 있는 사람인지는 전혀…."

"그 녀석의 정체는 둘째치고 일이 원만하게 매듭지어지기만 하면 아무런 문제는 없지만."

"그건 그렇지만…."

"아무래도."

"무리인 것 같군요…."

가우리, 아멜리아 씨, 그리고 내 순서대로 말을 이었다.

"무, 무슨 말씀이십니까?"

당황한 모습으로 묻는 알프레드.

별채 주위에 있던 정규 병사들의 기척은 사라지고 대신 바늘 같은 살기(殺氣)가 여럿 생겨나 있었다.

"자객이에요."

나는 딱 잘라 말했다.

"자객?!"

얼빠진 듯한 소리를 낸 것은 물론 말할 것도 없이 알프레드였다.

"그… 그런 말도 안 되는 일이?! 이곳에는 내가 있는데! 어째서 자객이?!"

"글쎄요…. 어쨌거나 이렇게 와버렸으니 어쩔 수 없잖아요."

쌀쌀맞게 쏘아붙이고 나는 기척을 살폈다.

상대는 다수. 아무래도 상당한 실력자들뿐인 것 같다. 필 씨의 호위가 다섯 명 정도 있었는데 전원이 소리조차 내지 못하고 쓰러졌다.

만약 상대 중에 그 스마인가 하는 암살자가 있다면 이길 수 있을지 어떨지 자신이 없다.

본궁의 경비병들이 이곳의 이변을 눈치채고 달려와주기만 하다면 최소한 자객들을 물리칠 수는 있겠지만….

우리들이 지금 있는 방은 '밀담에 최적'이라고 할 만한 방이다.

창은 없고 문은 하나.

천장 부근에 통풍구가 있지만 사람이 들어갈 수 있을 만한 크기가 아니다.

그렇다고 이곳에 머물러 있을 수도 없었다.

통풍구를 통해 파이어 볼[火炎球] 같은 것이 날아 들어온다면 단숨에 전멸이다.

방에서 나가려면 문을 통할 수밖에 없지만 틀림없이 그들은 방문 앞에 잠복해 있을 것이다.

"무리를 해서라도 돌파해야 하나."

"기다려. 가우리. 그보다 테이블로 문 안쪽에서 방호벽을 만들어."

말하면서 나는 이 건물의 구조를 머릿속에 떠올려보았다.

"방호벽… 이라니. 그런 짓을 했다간 독 안에 든 생쥐잖아."

"됐으니까 해. 아멜리아 씨, 이 벽 건너편은 정원이죠?"

"예."

문이 있는 반대쪽 벽을 쿵쿵 두들기면서 묻는 나에게 그녀는 왠지 침착하게 대답했다.

이런 위기 상황에서 보여주는 관록은 아무래도 아버지에게서 물려받은 것 같다.

"벽을 부술게요."

딱 잘라 말하고 주문을 외우기 시작했다.

그 틈에도 가우리와 필 씨는 지금까지 앉아 있던 8인용 테이블을 옮겨서 벽에 딱 붙였다.

안쪽으로 열리는 문이므로 이제 어지간해서는 열리지 않을 것이다.

간이 방호벽이 만들어진 그 순간 문이 덜컹덜컹 흔들리기 시작했다.

나는 두 손을 벽에다 대고 다 외운 주문의 힘을 개방했다.

"블래스트 웨이브[黑魔波動]!"

콰광!

귀가 아플 정도의 폭음과 함께 벽의 일부가 붕괴되어 사람 하나가 충분히 서서 지나갈 수 있을 만한 큰 구멍이 뚫렸다.

이 주문의 위력은 보는 바와 같지만 두 손에 닿은 것에 대해서만 그 힘을 발휘한다.

모락모락 피어오르는 먼지 너머로 밤의 정원이 보였다. 본궁과는 반대 방향이지만 방금의 파괴음은 본궁 가까이 있던 경비병들의 귀에도 들렸을 것이다.

"이쪽으로!"

먼지투성이가 되는 걸 감수하고 소리를 지르며 앞장서서 정원으로 뛰쳐나갔다. 그 순간 머리 위에서 살기가 번뜩였다!

"칫!"

황급히 나는 몸을 피했다.

챙! 하는 작은 소리가 나며 발치의 땅에 무언가가 박혔다. 그것은 방에서 새어 나오는 빛에 반사되어 푸르스름하게 빛났다.

손바닥 크기의 단검 한 자루. 이상한 빛을 내뿜는 것은 아마 칠해놓은 독 때문이리라.

내 뒤를 따라 뛰쳐나온 가우리는 그 단검을 뽑아 들더니 땅을 구르며 위쪽으로 집어던졌다.

지붕 위 하늘을 등지고 있던 검은 그림자는 그것을 어렵지 않게 피하고 가우리를 향해 허공에서 움직였다.

"잡았다!"

라고 외치면서 가우리는 검을 휘둘렀다.

하지만 필살의 일격은 허무하게 허공을 갈랐을 뿐.

자객의 몸은 공중에 정지되어 있었다.

레비테이션?!

하늘에 떠 있는 자객이 가우리를 걷어찼다. 발끝에는 반짝이는 은색의 광채.

그곳에도 칼날을 달고 있었던 것이다.

간신히 몸을 뒤로 빼서 피하는 가우리.

"플레어 애로!"

곧바로 나는 주문을 쏘았다. 기동성이 낮은 레비테이션으론 피할 수 없을 것이다.

쏘아낸 열 발 가까운 화살 중 여러 발이 정확히 명중해서 자객은 땅에 굴러 떨어졌다.

이걸로 이 녀석은 처치.

그 틈에 다른 세 사람도 실내에서 밖으로 나왔다.

좀 전의 그 불빛을 보고 경비병들이 곧 달려올 것이다.

쿠웅!

그때 방문이 폭발하며 사람 그림자 둘이 난입.

테이블 위를 구르며 각각 두 줄기 은색 빛을 쏘았다.

목표는 필 씨!

"위험해요!"

내가 외친 그 순간 하얀 것이 펄럭 움직였다.

나이프 세 자루는 맥없이 땅에 떨어졌다.

아멜리아 씨가 펄럭인 망토에 휘감겨 떨어진 것이다.

그리고 나머지 한 자루는 필 씨의 손안에 있었다.

날아온 나이프를 붙잡은 것이다. 맨손으로.

"아니이이이?!"

놀라 외치는 암살자.

무리도 아니다. 보통은 피하는 법이다. 이런 경우….

"어리석은!"

아멜리아의 일갈이 울려 퍼졌다.

암살자들을 척! 하고 가리키며,

"악의 앞잡이로 전락해서 하늘의 이치를 거스르는 녀석들! 그 지저분한 칼로 나의 정의를 깨뜨릴 수 있으면 깨뜨려봐라!"

아무래도 그녀는 영웅 선기 마니아인 보양이다….

자세를 취한 채 멈춰 있는 그녀의 몸이 천천히 하늘에 떴다.

옆에 서 있던 필 씨가 마치 새끼 고양이를 집어 드는 것처럼 한

손으로 그녀의 목덜미를 붙잡고 들어 올린 것이다.

"비켜 있거라, 아멜리아."

그러고선 우리들 쪽으로 집어던졌다. 여전히 위엄 있는 그 자세 그대로 멋지게 착지하는 아멜리아 씨.

"얕보지 마라!"

노성을 지르며 암살자 한 사람이 바닥을 찼다.

필 씨를 향해!

즉시 도우러 가려 한 나와 가우리. 하지만….

"멍청한 놈들!"

그보다 빨리 필 씨의 주먹이 달려드는 자객을 강타했다!

퍼억!

불쌍한 암살자는 정통으로 주먹을 맞고 날아가더니 방의 벽에 충돌했다.

그리고 그대로 벽을 타고 바닥에 쓰러졌다.

"네가 왜 이러한 음모에 가담했는지는 모른다!"

목이 이상한 각도로 꺾인 채 더 이상 꿈쩍도 하지 않는 암살자를 가리키며 필 씨는 유유히 설교를 시작했다.

"하지만 생각해봐라! 너에게 가족은 없는 거냐?! 일의 성패에 관계없이 이런 일은 자신을 병들게 하고 가족을 슬프게 한다! 나는 쓸데없는 다툼은 좋아하지 않는다. 만약 네가 스스로의 행위를 진심으로 반성하고 이곳에서 냉큼 꺼진다면 굳이 추궁하진 않겠다!"

그때였다. 다른 한쪽의 암살자가 움직인 것은.

하지만 필 씨를 향해서가 아니었다.

방 안에 쓰러진 암살자에게 다가가서 그 맥을 짚어보고 힐끔 이쪽을 바라보더니 바닥을 차고 들어온 것과 마찬가지로 부서진 문을 통해 몸을 감추었다.

"돌아갔군⋯."

필 씨가 깊은 한숨을 내쉬었고⋯.

그리고 그제야 병사들의 발소리가 다가왔다.

"아무래도 한 고비 넘긴 모양이야."

가우리는 방 안에 쓰러져 있는 암살자를 바라보았다.

그때 내 머릿속에 무언가 번뜩이는 것이 있었다.

"엎드려!"

내 외침에 전원이 거의 반사적으로 몸을 숙였다.

순간.

콰광!

방 안에 쓰러져 있던 암살자의 몸이 폭발했다.

"무슨 일입니까!"

"무사하십니까?"

그제야 모습을 드러내는 병사들.

늦었다니깐….

우리들은 몸을 일으켰다. 아무래도 다들 다친 데는 없는 것 같다.

"으음…."

몸을 일으키더니 왠지 감탄했다는 듯한 태도로 고개를 끄덕이는 필 씨.

"내 설득에 부끄러움을 느끼고 자폭으로 죄를 보상하다니……. 그렇게까지 할 것은 없었는데…."

아니라고 생각해, 그건….

나머지 한 자객이 쓰러진 남자의 맥을 짚었을 때 나는 의아하게 생각했다.

필 씨에게서 얻어맞은 자객은 아무리 봐도 그때 이미 숨이 끊어진 상태였다.

아마 그걸 깨닫지 못한 것은 필 씨 정도일 것이다. 그런데도 왜 굳이 맥을 짚어보러 간 것일까?

맥을 짚는다는 행위가 만약 보여주기 위한 것이라고 하면 진짜 목적은 쓰러진 남자에게 무언가 장치를 한 것.

거기까지 생각이 미치자 방문이 폭발한 것과 맞물려서 내 머릿속에 '폭탄'이라는 문자가 번뜩였다.

만약 우리들 중 누군가가 시체를 확인하러 다가가면 함께 폭발시킬 생각이었을 것이다.

"전하! 이건 대체…?!"

병사 중 한 사람이 필 씨에게 물었다.

"수상한 자의 공격을 받았다. 다들 무사해."

"수상한 자라면?!"

필 씨의 대답에 동요하는 병사들.

"1반과 2반은 이곳에 남아라! 3반은 건물 수색! 4반은 주위 수색에 나선다. 무슨 일이 있어도 수상한 자들을 찾아내서 체포해라! 그리고 넌 본궁 쪽에 연락을…."

우리들이 처음 이곳에 숨어들었을 때 만났던 그 뭐시기란 이름의 대장이 주위 병사들에게 지시를 내렸다.

자객들은 이미 완전히 모습을 감춘 뒤였다. 이제 와서 찾아봤자 소용없을 것이다.

"하지만…."

나는 주위를 어슬렁거리는 병사들의 모습을 멍하니 바라보다가,

"이번엔 없었구나…. 그 즈마라는 녀석…."

"응…."

나의 중얼거림에 가우리가 작게 대답했다.

"어째서지?!"

갑작스레 외친 것은 알프레드였다.

"어째서 나까지…. 서… 설마… 설마?!"

급격히 안색이 변했다.

"낮의 습격은… 설마 이걸 위해…."

파랗게 질린 얼굴로 작게 중얼거린다.

아!

"이걸 위해?"

라고 묻는 필 씨에겐 대답하지 않고,

"아버지에게… 아버지에게 확인하고 오겠습니다!"

말이 끝나자마자 그는 본궁 쪽으로 달려갔다.

"무슨 말이지?"

필 씨는 내 쪽을 보고 물었다.

"여기서 그런 걸 물으시면….”

나는 난처해서 주위로 시선을 돌렸다.

알프레드가 무슨 생각을 했는지 대충 예상은 되지만 주변에 병사가 우글우글한 이 장소에서 대놓고 말할 수는 없었다.

내 시선의 의미를 알아채고 필 씨는 크게 고개를 끄덕였다.

"그렇군. 그럼 장소를 바꾸지.”

"즉, 저와 가우리를 낮에 습격한 사건은 역시 '그'의 사주가 아닐까 하는 거예요.”

나는 말했다.

물론 '그'는 크리스토퍼.

아직 그가 배후라는 증거는 없지만 이건 거의 왕궁 내에서 공공연한 비밀이었다.

장소를 본궁에 있는 필 씨의 방으로 옮긴 후의 일이다.

문밖에는 역시 보초병이 있으므로 그리 큰 소리로는 이야기할 수 없었다.

　그런 불편 때문에 아까도 회의 장소를 별채로 한 것인데.

　"무슨 소리야?"

　이번엔 가우리.

　"그 상황에서 우리들을 습격하는 것은 전혀 의미가 없어요. 그렇다면 어째서? 다들 그렇게 생각하겠죠? 그래서 알프레드 씨는 사건을 확인하고 아무래도 칸젤의 폭주에서 비롯된 일 같다는 걸 알게 되었어요. 그래서 그는 그 일을 우리들 모두에게 알리려고 했죠…."

　"그렇군요. 당연히 다들 모일 테니까."

　맞장구를 치는 아멜리아 씨.

　"그래요. 적으로선 방해가 되는 우리들을 가능하면 한꺼번에 해치우고 싶었겠죠. 그래서 전원을 한데 모으기 위한 수단으로 먼저 우리 두 사람을 습격하게 한 거죠. 습격이 실패하는 것을 전제로 말예요."

　"으음…."

　팔짱을 끼며 신음하는 필 씨.

　"괘씸하다! 아무리 그래도 이건 너무 악질이야! 아무리 우리들을 한곳에 모으기 위해서라고 해도 자신의 아들조차 속이고 말려들게 하다니! 이렇게 된 바에는 가만둘 수 없군!"

　"아, 잠깐만요."

제지하고 나선 것은 나였다.

"아직 그렇게 결정된 것은 아니에요."

"그렇긴 해도 그것 말고 다르게 생각할 수 있나?"

"다르게… 라고 하시면 대답하기가 곤란하지만, 한 가지 마음에 걸리는 게 있어요."

"뭔가?"

"만약 적이 그럴 생각이었다면 전력을 다했을 거예요. 하지만 무슨 이유에선지 적은 전력을 다하지 않았어요. 예를 들면 절 습격했던 즈마라는 암살자…."

"뭐라고요?!"

큰 소리를 낸 것은 아멜리아 씨였다.

"지… 지금 즈마라고 했나요?"

"예. 그게 왜요…?"

"정말?!"

"글쎄요. 스스로 그렇게 밝혔으니…."

"그 남자가… 이곳에 있다니."

중얼거리는 그녀의 얼굴에서 핏기가 완전히 가셨다.

"알고 있느냐?"

라고 묻는 필 씨에게 그녀는,

"소문으로 들은 거지만 마법을 사용하는 암살자로 그 실력은 최고 수준이래요. 만약 소문이 사실이고 리나 씨를 습격한 것이 진짜 즈마라면, 리나 씨 당신이 처음인 셈이에요. 그 남자의 습격을 받고도 살아남은 것은."

우….

나는 말문이 막혔다. 그때 만약 가우리가 없었다면 나도 희생자 반열에 올랐을 것이다.

나는 겨우 마음을 안정시키고,

"어쨌거나, 그 즈마라는 녀석도 이번 습격에는 가담하지 않았어요. 오늘 우리들을 습격한 녀석들도 허접하지는 않지만 압도적으로 강한 건 아니었고요."

"그럼 대체 어떻게 된 거지?"

필 씨의 물음에 나는 작게 고개를 갸웃거리고,

"모르겠어요. 어쩌면 낮에 있었던 습격은 칸젤의 폭주이고 '그'는 그것을 이용한 것에 불과한 건지도 몰라요. 준비할 시간이 부족했기 때문에 즈마에게 연락을 하지 못했을 가능성도 있고요. 하지만 그보다 문제는 이런 일이 생긴 후에도 예정된 회합이 이루어질지 어떨지 하는 점인데…."

"할 거야."

필 씨는 딱 잘라 말했다.

"비록 이러한 일이 일어났어도, 아니, 이런 일이 있었기에 더욱 크리스토퍼와 결판을 내지 않으면 안 돼. 내가."

그리고….

그 두 사람의 회담일이 찾아왔다.

왕궁은 아침부터 긴장감에 휩싸여 있었다.

물론 필 씨와 크리스토퍼의 대립 구도를 모르는 사람은 왕궁에 없었다.

그 별채 습격 사건 이후 알프레드는 크리스토퍼와 칸젤을 이것 저것 추궁한 듯하지만 결국 그쪽은 이런저런 이유를 대며 발뺌했다고 한다.

물론 그동안 현 국왕 엘드란도 그저 죽은 척하고 있었던 것만은 아니었다.

어떻게든 두 사람을 중재하기 위해 여러 번 크리스토퍼를 불러서 훈계했다고 하는데 역시 유유히 발뺌할 뿐.

엘드란 왕으로서도 확실한 증거가 없는 이상 처벌할 수 없었던 모양이다.

그래서 스트레스가 쌓여 병이 더욱 무거워졌다고….

어쨌거나 모든 것은 오늘 이 회담에 걸려 있다.

회담은 어느 별채에서 거행될 예정이었다.

크리스토퍼가 애초에 필 씨와 화해할 생각이 없다면 오늘이야 말로 본격적인 공격이 있을 터이다.

낮이 지나고.

모두가 동시에 본궁을 나섰다.

필 씨와 크리스토퍼는 물론이고 나와 가우리, 아멜리아 씨와 알프레드, 그리고 문제의 칸젤.

여기에 즈마만 있으면 전원이 다 모이는 셈이지만 아무리 그래도 그건 불가능.

그래도 머지않아 얼굴을 내밀 가능성은 높지만.

칸젤은 내 쪽으로 힐끔 시선을 돌리고 냉소와도 같은 미소를 지었다.

"저 칸젤이라는 남자…."

옆에서 걷고 있는 가우리에게만 들릴 만한 작은 목소리로,

"나한테 반한 것 같아."

"그럴 리 없잖아…."

가우리는 작게 쓴웃음을 짓더니,

"하지만 그런 농담을 날릴 수 있는 걸 보니 이번엔 그럭저럭 자신이 있는 모양이구나."

"어느 정도는."

"만약 그 뭐시기라는 암살자가 나오면?"

"물론 너에게 맡길게."

"아, 그런 거였어?"

하지만 칸젤의 기술로 보이는 그 '공간을 왜곡시키는 공격'은 조금 성가시다.

회담을 하는 것은 필 씨와 크리스토퍼 두 사람뿐.

두 사람만 별채에 들어가고 우리들과 호위 병사는 밖에서 대기하게 되어 있다.

하지만 만약 칸젤이 공간을 왜곡시켜 즈마를 갑자기 실내에 들여보낸다면…?

칸젤의 움직임은 요주의. 계속 달라붙어서 주문을 외우지 못하도록 감시할 수밖에 없다.

화창한 햇살에 정원의 잔디가 눈부시게 빛났다. 자, 이 햇살 아래에서 대체 어떤 일이 시작될 것인가…?

회담이 이루어질 별채까지 대략 반쯤 걸었을까?

그때.

구구궁!

공간이 시끄럽게 절규했다.

"뭐야?!"

누군가가 외쳤다. 그리고 갑자기 햇빛이 가려졌다.

"이런! 위쪽이야!"

가우리의 외침에 일동은 하늘을 올려다보았다.

검고 거대한 덩어리가 떨어졌다!

"우와앗?!"

새끼 거미들이 흩어지듯 일동은 자리에서 물러났다.

구구구우우우웅!

무딘 땅울림 소리를 내며 그것은 땅에 내려섰다.

기익.

거북한 소리로 한 번 울더니 더듬이로 보이는 기관으로 주위를 더듬는다.

그것은 거대한 한 마리 벌레….

아니, 벌레의 모습을 한 무언가였다.

아무리 그래도 아담한 드래곤 정도는 될 만한 거대한 벌레가 이 세상에 존재할 리는 없다.

왠지 갑충류를 연상시키는 시꺼멓고 윤기 나는 표피.

좌우로 네 개씩, 도합 여덟 개가 달려 있는 튼튼한 다리.

등에는 거대한, 하지만 그 몸을 공중에 띄우기엔 조금 작은 한 쌍의 날개.

그리고 마치 보석 호부라도 박아놓은 듯 몸 여기저기에서 빛나는 루비 색깔 반구.

갑자기 혼란에 빠진 병사들.

도망치지는 않았지만 일제히, 하지만 뿔뿔이 그 '벌레'에게 공격을 가한다.

통솔과 작전 같은 건 전혀 없었다.

그저 되는대로 공격할 뿐이다.

물론 통솔이 되고 있다고 해도 '벌레'에게 대미지를 줄 수 있을 거라고는 생각되지 않지만.

아무리 검을 휘둘러도 두꺼운 껍질을 뚫지 못하고 허무하게 튕겨나갈 뿐.

관절 사이에 검을 찔러 넣는 영리한 병사도 그중에는 있었지만 그래도 '벌레'는 태연하게 더듬이만 움직였다.

하지만 그러다가….

표적을 발견했는지 여덟 개의 타원형 다리로 몸을 지탱하고 생각보다 훨씬 민첩한 움직임으로 몸의 방향을 바꾸었다.

　내 쪽을 향해.

3. 세이룬, 집안싸움의 절정!

"아니?! 어째서?!"

내가 불만을 터뜨릴 틈도 없이….

부웅!

공격은 갑자기 날아왔다.

정면으로 대치한 '벌레'의 날개가 흐릿하게 보였다

그렇게 생각한 순간,

나는 그대로 튕겨나가 잔디 위에 구르고 있었다.

우욱….

충격으로 잠시 숨을 쉬지 못했다.

그때 시야 한구석에서는 칸젤이 여전히 차가운 미소를 띤 채 나를 빤히 바라보고 있었다.

"리나!"

가우리는 외치면서 검으로 '벌레'의 다리를 하나 베었다.

검은 정확히 다리에 파고들어 그 반대쪽으로 빠져나왔다.

기기….

'벌레'는 귀찮다는 듯 더듬이를 움직이더니 다리 하나를 휘둘렀다.

방금 가우리가 벤 그 다리를.

"아니?!"

가우리가 당황해서 물러났다.

보통 공격이 통할 리가 없었다. 아무래도 이 녀석은 사일라그의 자나파 정도는 아니더라도 꽤 강력한 마수(魔獸)로 보인다.

가우리가 만들어준 한순간의 틈을 내가 놓칠 리 없었다. 나는 이미 일어난 상태에서 주문의 영창을 끝마친 참이었다!

"애서 디스트[塵化滅]!"

기가가아아아아!

'벌레'의 전신이 격렬하게 떨리더니 그 입에서 공기를 진동시키는 절규가 울려 퍼졌다.

하지만….

그뿐이었다.

뱀파이어조차 한순간에 먼지로 만들어버리는 주문인데 '벌레'에겐 그리 큰 대미지를 주지 못한 모양이다.

생각보다 강하다!

하지만 이 정도의 마수를 소환하는 건 상당히 큰 기술인데….

'벌레'가 얼굴을 이쪽으로 돌렸다. 입이 크게 벌어지더니…!

가아!!

'벌레'가 한 번 운 것과 동시에 나는 즉시 옆으로 도약했다.

한참 뒤쪽에서 무거운 폭음.

힐끔 돌아보니 소리가 난 부분의 땅이 파여 잔디 밑으로 흙이

엿보였다. '벌레'가 쏜 충격파일 것이다.

"가우리! 빛을!"

라고 말하고 나는 주문을 외우기 시작했다.

하지만 벌레에겐 경비병들이 상당수 달라붙어 있었다. 그리 큰 기술을 쓸 수는 없었다.

주문을 외우기 시작함과 거의 동시에 '벌레'는 나를 향해 앞발 중 하나를 가로로 휘둘렀다. 충분히 사정거리 밖이다. 나는 피하려고 하지도 않았다. 하지만….

퍼억!

그럼에도 단단한 충격이 내 양발을 엄습했다.

공중에서 한 바퀴 돌고 앞쪽으로 쓰러졌다.

"리나!"

비명에 가가운 가우리의 외침.

"무슨 속셈이야! 칸젤! 이야기가 다르잖아!"

한쪽에선 칸젤에게 달려드는 알프레드의 모습이 보였지만 그렇다고 해서 눈앞의 '벌레'가 사라질 리는 없었다.

내 쪽을 가리킨 '벌레'의 더듬이 끝에서 플라스마 형상의 번갯불이 번뜩였다.

위험하다!

어떻게든 몸을 일으키려 몸부림쳤지만 마비된 듯한 감각이 있을 뿐 두 발은 전혀 움직이지 않았다.

번개 공격이… 날아왔다!

아악!

비명이 목구멍 안에서 터졌다.

…….

잠시 정신을 잃었던 듯 다음에 눈을 떴을 땐 눈앞에 크게 치켜든 '벌레'의 앞다리가 있었다.

나를 찍어 누를 생각이다!!

공포가 등을 타고 흘렀다.

말도 안 돼.

리나 인버스, 벌레에 깔려 죽다.

아무리 그래도 그건 좀 심하다.

하지만 몸은 움직이지 않았다!

파직!

그 순간.

눈앞에 육박해 있던 '벌레'의 앞다리가 소멸했다.

아멜리아 씨.

그녀가 무슨 술법을 쏘았는지 벌레의 앞다리가 날아간 것이다.

빛의 검을 든 가우리가 땅을 박차고 '벌레'의 머리를 베어냈다.

그 영상을 끝으로 나의 의식은 어둠 속에 떨어졌다….

"그만두자, 이번 일."

눈을 뜬 나에게 가우리가 던진 첫마디는 그것이었다.

"……?"

상황을 이해하지 못하고 나는 주위를 둘러보았다.

꽤 넓은 방이다.

청결해 보이는 하얀 벽과 천장, 그리고 물씬 나는 약초 냄새.

마법 의사들 몇 명이 이마에서 땀을 흘리면서도 안심한 표정으로 나를 바라보고 있다.

즈마에게 목을 당했을 때에도 한 번 온 적 있는 신전의 치료소였다.

"아…?"

겨우 무거운 몸을 일으켰다.

바닥에는 커다란 육방성이 그려져 있고 그 중앙에는 침대. 그곳에 나는 누워 있었다.

"여! 몸은 어때요?"

쾌활하게 묻는 아멜리아 씨.

그 말을 듣고 나는 몸을 이리저리 움직여보았다.

"조금… 피곤하긴 하지만 특별히 아픈 곳이나 움직이지 못하는 곳은 없는 것 같아요. 두 다리가 조금 이상하긴 하지만….."

"그럴 거예요. 뭐, 금방 익숙해지겠지만."

"그럴 거라니, 제가 어떻게 되었던 건가요?"

"묻지 않는 편이 좋을 거야."

가우리가 말했다.

그런 말 들으니 괜히 더 신경 쓰이잖아….

나는 힐끔 아멜리아 씨에게 시선을 돌렸다.

그녀는 싱글벙글하면서 설레설레 손을 휘젓더니,

"아, 괜찮아요. 괜찮아. 걱정할 정도의 일은 아니에요. 다리가 잘릴 뻔하고 온몸이 시커멓게 탔던 것뿐이니까."

괜히 물어봤다….

하지만… 그렇게 아무 일도 아닌 것처럼 말하지 않았으면 좋겠다….

"그런데… 어떻게 된 거지요?"

"당신이 그 거대한 벌레에게 당할 뻔한 위기일발의 순간에 여기 있는 가우리 씨가 빛의 검으로 벌레를 해치웠어요.

하지만 설마 빛의 검을 가지고 있을 줄은 생각지도 못했는데."

그건 나도 알고 있다고.

"아뇨. 저기, 제가 묻고 싶은 것은 제가 정신을 잃은 후…."

"리나."

나의 말을 가로막는 가우리.

"그만 됐어. 이번 일에서 손을 떼자."

"어째서?"

"어째서… 라니, 알잖아?! 네 목숨을 노리고 있었단 말야! 이대로 계속 참견하다간 잘못하면… 잘못하면 정말 죽을지도 몰라!"

"그런 소리 안 해도 알고 있어."

"그러니까…."

"가우리. 네 말대로 누군가 내 목숨을 노린 것은 사실이야. 그 '벌레'도 틀림없이 다른 누구도 아닌 나를 죽이려고 했고. 하지만 어째서 날 노리지 않으면 안 되는 거지?"

"어… 어째서… 라니, 나라고 그걸….""

"모르지?"

"응. 몰라."

"실은 나도 몰라. 지금까지 일어났던 몇 번의 습격 사건, 아무리 생각해도 관련성과 필연성이 결여되어 있어. 하지만 만약 날 노리고 있는 것이 이곳의 후계자 다툼과 아무런 상관이 없다고 하면 나름대로 설명은 돼. 나를 노리고 있는 녀석은 그저 이 어수선한 상황을 이용하고 있을 뿐인 거야."

"그렇군…."

"그러니까 여기서 우리들이 손을 뗀다 해도 역시 나는 계속 목숨의 위협을 받게 될 거야."

"그건… 그렇지만…."

"이번 일에서 손을 떼든 떼지 않든, 싸우지 않으면 안 된다면 일단 받아들인 이상 역시 이대로 끝까지 책임을 져야 해."

"……."

"가우리…."

"응…?"

"고마워, 걱정해줘서. 하지만 괜찮아, 난."

"하지만 절대로 방심하지 마. 일단 널 노리고 있는 것은 그 칸젤인가 하는 녀석이겠지만 아무래도 녀석은 끝을 알 수 없는 구석이 있어."

"음, 그거 말인데….."

나는 머리를 긁적이며,

"실은 잘 모르겠어…. 녀석이 분명 수상하긴 해. 그래서 아까…
그 '벌레'가 나타났을 때에도 난 그 남자를 주목하고 있었어.

하지만 단언해도 좋지만 그 남자는 주문 같은 건 전혀 외우지
않았다고."

"그럼 대체…?"

"쉽게 말해."

가우리와 아멜리아의 얼굴을 번갈아 바라보고,

"그 '벌레'를 소환한 것은 다른 누군가가 아닐까 하는 거야."

"아멜리아 씨, 묻고 싶은데요, 그곳에 있던 사람들 가운데 마법
을 쓸 수 있는 사람이 누가 있나요?"

"글쎄요. 호위 병사와 리나 씨, 가우리 씨를 제외하면… 칸젤 씨
는 말할 것도 없고, 크리스토퍼 삼촌과 알프레드, 그리고 저. 쉽게
말해 아버지를 제외한 전원이 쓸 수 있는 셈이네요."

"어느 정도?"

"다른 사람은 잘 모르겠어요. 특별히 술법을 배우지 않으면 안
되는 것도 아니고 다들 그저 취미 삼아 하고 있으니까요.

참고로 저는 비교적 자주 쓰이는 승려 계열 술법들과 흑마법,
정령마법을 각각 조금씩.

그레이시아 언니가 그런 걸 매우 좋아했기에 저도 함께 배웠지

요."

"흠…. 그럼 한 가지만 더요. 전에 이곳에 랜디 씨라는 사람이 있었는데 그 사람은 크리스토퍼 씨와 사이가 좋았나요?"

"뭐, 적어도 나쁘지는 않았어요. 하지만 어째서 리나 씨가 랜디 오네 삼촌을?"

"그럴 일이 있었어요."

나는 모호하게 대답했다.

내가 지금 생각하고 있는 것은 이 '벌레'를 소환한 것이 크리스 토퍼가 아닐까 하는 것이다.

그가 개인적으로 나를 노릴 이유는 아무것도 없는 듯 보이지만 사실은 그렇지도 않다.

예전 어떤 사건으로 필 씨를 알게 되었다고 전에도 설명했는데, 그때 필 씨를 암살하려고 했던 것은 당시 제3왕위 계승자이기도 하고 필 씨의 길동무이기도 한 랜디라는 인물이었다.

내가 죽인 건 아니지만 결국 그 사건으로 그 랜디가 죽은 셈인 데, 만약 크리스토퍼가 그 사실을 알고 있다면?

나에게 앙심을 품는 것도 생각 못 할 일은 아니지 않을까?

"그런데 회담은?"

"그야 물론 중지예요, 중지. 그 후로 분위기가 더욱 어색해져 서."

"그렇다면 무슨 이유에선지 저를 노리고 있다는 것을 알게 된 것 빼곤 결국 사태는 전혀 진척되지 않았다는 거군요."

"아뇨. 아뇨. 그렇지도 않아요."

아멜리아 씨는 여전히 싱글벙글하는 얼굴로 대답했다.

"칸젤 씨가 모습을 감추었으니까요."

"여! 안녕하세요!"

아멜리아 씨가 그것을 가져온 것은 그 다음 날,

나와 가우리가 필 씨의 집무실 밖에서 특별히 할 일도 없으니 멍하니 서 있었을 때였다.

"안녕하세요."

가볍게 손을 흔드는 우리들.

내 목숨을 노리고 있다는 것을 안 이상, 따로 행동하는 것은 역시 위험하다고 판단해서 가우리와 함께 필 씨의 주위를 시종 어슬렁거리고 있는데 이것이 따분하기 그지없다.

그 후 습격도 없어서(있어도 곤란하지만…) 조금 맥이 빠져 있을 때 그녀가 온 것이다.

아멜리아 씨는 의미심장한 시선을 우리들에게 보내더니 말했다.

"잠깐 와줄래요?"

나와 가우리는 얼굴을 마주 보았다.

아무래도 무언가 있는 것 같다. 주위에 우글대는 경비병들에겐 누설하고 싶지 않은 무언가가.

두 사람은 그녀의 뒤를 따라 어느 한 방에 들어갔다.

객실로 보였다. 구조는 나와 가우리에게 배정된 방과 별 차이 없었다.

"무슨 일이 있었나요?"

내 물음에 그녀는 미소를 띠면서,

"아, 그렇게 심각한 표정 지을 건 없어요. 그렇게 대단한 일도 아니니까."

말하면서 주머니에서 종잇조각을 한 장 꺼낸다.

"어제, 할아… 아니, 크로펠 공이 심부름 차 마을로 나갔는데 아무래도 납치된 것 같아요. 하하하."

"뭐라고요!"

놀라 외치는 우리들.

"꽤 큰일인 것 같다는 생각이 드는데… 난…."

"실은 나도 그렇게 생각해."

"뭐, 견해에 따라선 그럴지도요. 그리고 오늘 저에게 이런 것이 도착했는데."

그녀는 꺼낸 종이를 팔랑거렸다.

그것은 필 씨에게 보낸 편지였다.

물론 내용은 예상대로 흔해 빠진 협박장.

크로펠 씨의 목숨이 아까우면 필 씨 혼자서 어디까지 오라는, 독창성이고 뭐고 없는 문장으로 주절주절 쓰여 있었다.

뭐, 협박문에 독창성이 있다고 해서 무언가 도움이 되는 것도 아니지만….

"아버지 쪽은 경계가 삼엄하니까 내 쪽으로 보낸 거라고 생각해요.

뭐 아버지 성격으로 보건대 이런 편지를 보면 앞뒤 안 가리고 뛰어가겠죠. 하지만 그렇다고 없애버릴 수도 없고. 그래서 당신들에게 부탁이 있어요."

"쉽게 말해 어떻게든 크로펠 씨를 구출해달라는…."

"그래요! 이 편지는 내일 아침 아버지에게 건네야 하니 그때까지 잘 부탁해요. 그럼 그렇게 알고…."

"자, 자, 잠깐만요, 아멜리아 씨!"

나는 일방적으로 말을 마치고 사라지려 하는 그녀를 불러 세웠다.

"그… 그렇게 가볍게 말씀하셔도…."

"어머, 안 할 거예요?"

"하기는 하겠지만…."

"그럼 특별히 문제 될 것 없잖아요."

"하지만 이건 함정이라 생각되는데…."

"하하하, 리나 씨도 참. 당연히 함정이지요."

속 편하게 살랑살랑 손을 흔든다.

"저기, 그러니까… 적은 당신이 우리들에게 상의할 것을 예상하고 편지를 보냈을 거예요. 두 사람이 크로펠 씨 구출을 위해 왕궁에서 나간 틈에 필 씨를 습격하지 않을까 하는데."

"뭐, 그럴 수도 있겠지요."

역시 가벼운 말투의 그녀.

이 사람…, 지금 사정이 어떻게 돌아가는 건지 정말 알고 있긴 한 걸까…?

문득 나는 불안해졌다.

하지만 아멜리아 씨는 나의 불안 따윈 전혀 개의치 않고,

"하지만 괜찮아요! 분명 어떻게든 될 거예요. 아마."

아마라니… 너….

"하지만 그렇다고 리나 씨와 가우리 씨가 따로 행동하는 것은 리나 씨가 표적이 될 위험성이 크고, 이대로 크로펠 공을 못 본 척 할 수도 없어요. 지정된 장소는 병사들로 포위하기에 힘든 장소이기도 하고요.

그러니까 이건 불확정 요인인 당신들에게 맡길 수밖에 없어요.

사실 저도 따라가서 주제를 모르는 악당들에게 정의의 심판을 내려주고 싶지만, 역시 이곳에도 유사시를 위해 마법을 쓸 수 있는 사람이 있는 편이 좋잖아요?

뭐, 그렇게 된 거니, 성가시겠지만 가주길 바랄게요. 아멜리아의 부탁이에요!"

쾅….

문이 닫혔다.

아벨리아 씨가 나간 후에는 그저 멍하니 서로의 얼굴만 바라보는 나와 가우리가 있었다.

엷은 밤안개가 마을을 감싸고 있었다.

가로등에 걸린 '라이팅' 빛이 뿌옇게 안개 낀 거리를 비추었다.

세이룬 시티 15블럭.

마을의 가장 변두리. 전형적인 변화가이다.

지저분하게 늘어선 싸구려 주택. 불이 꺼지지 않은 술집과 홍등가에선 아직도 떠들썩한 소리가 바람결에 들려온다.

하지만 최근의 어수선한 분위기와 으스스한 안개 탓인지 주위에 사람의 왕래는 없었다.

왕궁을 몰래 빠져나오는 것은 간단했다.

크로펠 씨의 구출에 성공하고 돌아올 땐 당당히 정문으로 들어가면 될 것이다.

문제는 지금 적이 어느 정도의 전력을 갖추고 있느냐 하는 것이었다.

만약 그 즈마나 '벌레'가 한꺼번에 덤벼오기라도 하면 그땐 정말 큰일이다.

아멜리아 씨가 건네준 지도에 따르면 지정된 장소는 거미줄처럼 복잡하게 얽힌 골목길을 끼고 있는 주택가 한복판에 있었다.

골목길이 복잡하게 얽혀 있고 건물과 건물이 근접해 있으니 거의 미로 같은 분위기이다. 이래선 아무리 병사들을 대거 투입해서 주위를 포위한다고 해도 지리에 밝은 상대라면 어려움 없이 도망칠 수 있을 것이다.

골목에도 띄엄띄엄 가로등이 서 있긴 했지만 안개에 흐려진 그

빛은 밤을 한층 으스스하게 연출하고 있었다.

우리는 그 어둠에 섞여 나아갔다.

크로펠 씨를 납치한 녀석들은 여기저기에 보초를 세워놨을 것이다. 그 녀석들에게 발각되면 곤란하다.

이만큼 밀집된 주택가 한복판에서 싸움을 벌이게 된다면 나는 마음 놓고 술법을 쓸 수 없을 테고, 무엇보다도 그렇게 되면 상대는 틀림없이 크로펠 씨를 인질로 잡을 것이다.

내가 잘 쓰는 수법 중에 죽지 않을 정도의 술법으로 인질과 함께 날려버리는 것이 있지만 노인을 상대로 쓰는 깃은 금물. 잘못하면 심장마비 등등의 이유로 저세상에 갈 우려가 크다.

어떻게든 적의 본거지에 몰래 잠입해서 구출해야만 했다.

"잠깐."

나는 작은 목소리로 가우리를 멈춰 세웠다.

앞쪽에 작은 광장 같은 장소가 있었다.

광장이라기보다 그저 좀 트인 장소일 뿐이었지만.

어쩌면 예전에 서 있던 집이 허물어진 흔적일지도 모르겠다.

땅은 물론 포장 따윈 되어 있지 않았고 트인 장소의 한복판에는 가로등이 하나 쓸쓸하게 서 있다.

그 가로등 아래쪽에는 상당량의 쓰레기가 산더미처럼 쌓여 있었다.

목적지로 가려면 여기를 가로질러야만 하는데 이만큼 시야가 트인 장소이니 아마 보초 한두 사람쯤은 있을 것이다.

밤안개가 끼어 있다고 해도 완전히 모습을 감추는 것은 불가능. 빛이 닿지 않는 그림자 속에 몸을 숨기고 우리들은 주위의 기척을 살폈다.

"건너편 골목에 두 사람."

가우리가 작은 소리로 중얼거렸다.

"한 사람이 시간을 벌고 다른 한 사람이 상황을 보고하는 역할일까?"

"그렇겠지. 다른 한쪽은 그럭저럭 쓸 만한 실력인 것 같으니."

"그럭저럭이라는 게 어느 정도야?"

"전에 왕궁 별채에서 우리들을 습격한 녀석들 있었잖아. 그 녀석들보다 약간 못한 정도."

"조금 성가신걸…."

싸워서 이기는 게 문제가 아니라 소리 없이 쓰러뜨리는 게 문제다.

"다른 길은 없어?"

"있을지도 모르지만 그래봤자 그쪽도 이곳과 비슷한 배치가 되어 있을 거야.

그렇다면 다른 길을 찾아봤자 시간 낭비야. 어떻게든 이곳을 돌파하자."

"어떻게?"

"예를 들면… 이런 건 어때?"

나는 가우리에게 살짝 귓속말을 했다.

두 사람은 당당히 광장에 들어섰다.

그래도 가로등 빛은 피하면서, 하지만 침착한 발걸음으로 건너편 골목에 숨어 있는 두 사람 쪽으로 접근한다.

두 사람의 기척은 아직 움직이지 않았다. 하지만 경계하는 낌새가 역력했다.

서로의 모습은 아직 어둠과 안개에 가려져 있었다.

"어때. 이상은 없나?"

조금 억양을 낮춘 목소리로 가우리가 말했다.

대답은 없었다. 생각지도 않게 말을 걸어오자 당황한 모양이다.

"방금 연락이 있었다. 목표물이 왕궁을 나선 모양이다. 이제 곧 이쪽으로 오겠지."

말하면서 걸음을 옮긴다. 골목에 멈춰 선 두 개의 그림자가 지금은 뚜렷이 확인되었다.

"왜 그래? 무슨 일이라도 생긴 거야?"

"놀라게 하지 마…."

처음으로 보초 중의 하나가 입을 열었다.

"적인 줄 알았다고."

"적이야."

말과 함께….

가우리의 주먹이 한 사람의 명치에 박혔다.

"아…?!"

다른 한 사람이 소리를 지르기도 전에 가우리의 수도가 남자의 목줄기를 강타했다.

보초 두 사람은 너무나 쉽게 땅에 쓰러졌다.

"하지만 너무나 쉽게 걸려들었군."

어이없다는 듯 말하는 가우리.

"뭐, 적들도 여기저기서 돈으로 모은 녀석들뿐이니까 다들 서로 얼굴을 알고 있는 것은 아니야. 그래서 이런 행동을 취하면 동료라고 착각하는 법이지. 어둠과 밤안개도 조금 도움이 되었고. 자, 그럼 가볼⋯."

말하다 말고 나는 경직했다.

돌연 뒤쪽에 기척이 나타난 것이다.

분명 조금 전까지는 아무것도 존재하지 않았는데.

당황해서 돌아보는 나와 가우리.

가로등 아래 푸르스름한 안개 속에 한 남자가 서 있었다.

차가운 시선을 이쪽으로 향한 채.

마법사 칸젤.

"오랜만이군⋯. 시간상으로는 얼마 안 되었지만."

"이런 곳에서 뭐하는 거지? 고용주와 싸우고 왕궁을 뛰쳐나간 사람이."

그의 시선을 받아넘기며 말했다.

하지만⋯ 이 남자!

엄청난 위압감.

눈싸움을 하고 있는 것만으로도 뺨에 땀이 흘러내렸다.

물론 이 남자를 얕본 적은 없지만 아무래도 이 녀석은 내가 생각했던 이상인 것 같다.

"결별한 것은 사실이다."

표정 하나 바꾸지 않고 말하는 칸젤.

"의뢰자는 내 방식이 맘에 안 드는 모양이더군. 뭐, 무리도 아니라고 생각하지만.

하긴 내 입장에서도 그곳은 움직이기 힘든 장소이기도 했어.

그리 눈에 띄는 행동은 하지 못했고, 게다가 마법도 제약받았으니까. 덕분에 여러 번이나 실수를 했지."

"그런데… 대체 무슨 용건이지?"

간신히 말을 꺼냈다. 입안이 바짝 말라왔다.

옆에서 가우리가 갑자기 '빛의 검'을 뽑았다.

그도 본능적으로 느꼈던 것이다.

방심하면 당하는 것은 이쪽.

눈앞에 있는 건 그 정도의 상대라는 것을.

"무슨 용건이냐고?"

칸젤은 엷은 미소를 지었다,

"알고 있잖아. 리나 인버스, 널 죽이기 위해서다."

"왜?!"

"대답할 필요는 없다."

말이 끝나자마자….

흔들….

칸젤의 모습이 흔들리더니 사라졌다.

다음 순간 기척은 내 뒤쪽에서 출현했다.

"아니?!"

즉시 돌아보았지만 말 그대로 내 눈앞에는 겹쳐진 칸젤의 손바닥이 있었다.

이미 푸르스름한 마력광이 서려 있는….

말도 안 돼?!

피할 수 없다!

"죽어라."

파직!

하지만 발사된 에너지 덩어리는 내 머리를 깨뜨리기 직전에 흩어졌다.

가우리가 간발의 차이로 '빛의 검'으로 막아낸 것이다.

그 여세로 칸젤에게 달려든다. 하지만 칸젤은 크게 뒤로 물러서며 다시 모습을 감추었다.

이번엔… 위쪽?!

올려다보지도 못한 채 나는 자리에서 벗어났다. 한순간의 틈도 없이 내가 있던 곳에 푸르스름한 마력탄이 비가 되어 쏟아졌다.

탄의 크기는 작았지만 잘못 맞으면 충분히 치명상이 될 만한 위력이었다.

"제법이군."

칭찬의 말은 밤하늘을 등지고 있는 칸젤의 입에서 흘러나왔다.

"그 상태에서 올려다보았다면 간발의 차이로 벌집이 되었을 텐데."

"말도 안 돼."

떨리는 목소리로 말하는 나.

주문조차 외우지 않고 공간을 이동해서 순식간에 마력을 모아 발사한다.

그런 일이 가능할 리 없었다.

―인간이라면.

"그렇게 놀랄 것은 없어."

희미한 웃음을 띠며 그는 사뿐히 땅에 내려섰다.

다짜고짜 뒤쪽에서 가우리가 베었지만 한 번 더 어둠 속에 녹아들더니 이번엔 다시 가로등 밑에서 나타났다.

"세이그람 나부랭이도 이 정도는 하니까. 나라고 못 할 것은 없지."

""세이그람?!""

나와 가우리의 목소리가 겹쳐졌다.

세이그람….

그것은 일찍이 우리 두 사람과 사투를 벌인 마족의 이름이었다.

간신히 싸움에 승리를 거두어 죽음 직전에 이르게 했지만 숨통을 끊어놓지는 못했다.

언젠가 다시 우리 앞에 모습을 드러낼 거라고는 생각하고 있었지만….

그를 낮춰 부른다는 말은….

"마족이냐?!"

가우리가 소리쳤다.

"당연한 소릴. 하지만 인간과 같은 모습을 하고 있다는 것만으로 그 본질을 알아내지 못하다니… 결국은 인간인 건가."

칸젤의 조소를 상대할 여유는 없었다.

나는 속으로 주문을 외웠다.

하지만 내 술법으로 이 녀석을 쓰러뜨릴 수 있는 가능성은 매우 낮았다.

칸젤이 소환한 것으로 보이는 그 '벌레'조차도 애서 디스트를 버텨냈다. 하물며 그것을 조종하는 마족의 실력은 어떻겠는가.

드래곤 슬레이브[龍破斬] 정도를 쓰면 해치울 수 있겠지만 이런 마을 한복판에서 그런 기술을 쓰면 주위에 상당한 피해가 간다.

그렇지만 이런 마을 안에서도 쓸 수 있고 마족에게 대미지를 입힐 수도 있는 기술은 극히 제한된다.

게다가 이 녀석을 해치우기 위해서 대체 몇 십 발을 명중시켜야 할지 짐작도 되지 않았다. 결국 믿을 것은 가우리의 '빛의 검'뿐인데, 공간을 이동하는 기술을 가진 칸젤에게 과연 명중시킬 수 있을지 어떨지….

하지만 할 수 있을지 없을지는 둘째치고 해볼 수밖에 없는 것이

현실.

"간다!"

라고 외치면서 땅을 박차는 가우리.

그 뒤를 따라 달리는 나.

"빠르군!"

칭찬하는 소리를 남기고, 육박하는 가우리의 눈앞에서 다시 모습을 감추는 칸젤.

검은 허무하게 허공을 갈랐다.

나는 황급히 자리에서 피했다. 가만히 있다가 또 예기치 못한 방향에서 느닷없는 공격을 받으면 버티지 못하니까.

기척은 이번엔 내 쪽에서 보아 가로등보다 약간 오른쪽에서 나타났다.

"에르메키아 란스!"

동시에 주문을 쏘는 나. 마족에게도 대미지를 입힐 수 있는 술법으로, 칸젤에게 명중한다 해도 그리 큰 타격을 입히지는 못하겠지만 이 상황에선 조금씩이라도 대미지를 입혀놓는 것 외엔 방법이 없었다.

하지만….

"시시하군."

마족이 중얼거린 그 한 마디만으로 내가 쏜 마력의 창은 산산이 깨졌다!

"그걸로는 날 이길 수 없다."

말이 끝나자마자 칸젤의 몸이 눈부신 빛을 내뿜었다.

"우왓?!"

어둠에 익숙한 눈에는 너무나 큰 자극이었다.

눈이 아파왔고 당연히 아무것도 보이지 않았지만 그렇다고 한가하게 아파하고 있을 상황도 아니었다.

일단 나는 오른쪽으로 몸을 날렸다. 머리 왼쪽으로 무언가 뜨거운 덩어리가 스치는 것이 느껴졌다.

그리고 뒤쪽에서 폭발음.

첫 번째 공격은 피한 것 같지만 시력이 회복될 때까지 다 피해 낼 수 있을지….

그때.

여러 개의 기척이 새롭게 출현했다.

아마 크로펠 씨를 납치한 녀석들이 우리들과 칸젤이 싸우는 기척을 포착하고 무슨 일인가 해서 달려온 것이리라.

이걸 이용하지 않을 순 없지.

"빛이여!"

광량 최대 지속 시간 제로의 빛을 나는 새롭게 나타난 기척의 한복판에 집어던졌다.

"우왁?!"

눈이 멀어버린 남자들의 비명이 울려 퍼졌다. 동시에 나는 그 한복판으로 뛰어들었다.

여기까지 온 것도 일종의 인연이니 운명이라 생각하고 칸젤의 공격으로부터 방패가 되어주길 바란다.

물론 이런다고 칸젤이 공격을 주저할 리 없겠지만 요는 실력을 회복할 시간만 벌면 되는 것이다.

"칫!"

칸젤이 혀를 차는 소리가 들려왔고 곧이어 기척이 사라졌다.

어디서 오는 거지?! 위쪽인가?! 아니면….

나는 필사적으로 주위의 기척을 찾았다. 하지만 칸젤의 기척은 나타나지 않았다.

대신 새롭게 골목 안쪽에서 다가오는 기척이 다수. 크로펠 씨를 납치한 일당일 것이다.

시력 쪽은… 아직 시간이 조금 더 필요하다!

"리나!"

귓전에서 가우리가 부르는 소리가 나더니 동시에 꾸욱 하고 손을 잡아끌었다.

"무사해?!"

아무래도 그쪽은 시력을 회복한 모양이다.

"간신히…. 칸젤은?"

"모르겠어. 갑자기 사라지더니 나타나지 않아. 움직일 수 있겠어?"

"아직 눈이 조금…. 검으로 싸우는 건 무리지만 그것만 아니라면 어떻게든."

"적이 꽤 많이 나왔어. 길이 좁아서 중앙 돌파는 무리야. 비행 술법으로 머리 위로 날아갈 수밖에 없을 것 같아. 할 수 있겠어?"

"해볼게!"

그렇게 대답하고 주문을 외우는 나.

칸젤을 만나기 전에는 마력 발동이 감지될 것이 두려워 술법을 쓰지 않았지만 적에게 들킨 이상 술법을 쓰든 안 쓰든 똑같다.

가우리의 몸을 붙잡은 다음,

"레이 윙!"

그리고 두 사람은 하늘을 날았다.

"용케 여기까지 왔군. 일단 칭찬해주지."

거만한 대사를 읊으며 남자가 우리 앞을 가로막은 것은 목적하는 건물 앞이었다.

허를 찔러 다짜고짜 그대로 건물 안으로 돌입하고 싶었지만 건물이 꽤 컸다. 사람이 살고 있는 낌새는 없었고 불 역시 하나도 켜져 있지 않았다.

이곳을 철저히 수색하는 것은 아무래도 어려운 일이었다. 우물쭈물하다가 다른 출구를 통해 크로펠 씨를 데리고 나가버릴 수도 있었다.

그래서 아무나 가까이 있는 녀석을 붙잡아서 안내를 받기 위해 땅에 내려선 순간 현관 앞에서 한 남자가 가로막고 선 것이다.

아마도 이곳의 지휘관이겠지.

"진부한 대사로 맞아줘서 고마워. 용건이 있는데, 너희들이 붙잡은 할아버지를 넘겨주지 않겠어? 나쁜 조건은 아니야. 그렇게 하면 너희들의 목숨은 살려줄 테니까."

하지만 내 말에도 남자는 태연히,

"인질이 어떻게 되든 상관없다는 것처럼 들리는군, 네 말은."

"해볼 테면 해봐. 하지만 만약 너희들이 인질을 죽이면 우리들은 바로 사정없이 너희들을 죽일 거야. 만약을 위해 말해두는데 그럴 만한 실력도 가지고 있어, 우리들은."

"물론 알고 있어, 그런 건."

깔보는 듯한 만투로 말한다.

"그 할아버지는 소중한 인질인데 죽일 수는 없지.

하지만 우리들의 상황을 이 건물 어딘가에서 몰래 감시하고 있는 녀석이 있다. 만약 너희들이 허튼 수작을 부리면 그 녀석은 먼저 그 할아버지의 한쪽 팔을 잘라버릴 거야."

"뭐…?!"

놀라 소리를 지르는 우리들.

"그래도 말을 듣지 않으면 다른 한쪽 팔.

만약 너희들이 나를 인질로 잡는다 해도 우리들은 돈으로 고용된 몸이라 서로 안면은 없지. 안에서 감시하고 있는 녀석은 주저없이 할아버지를 벨 것이다."

빌어먹을…. 누가 세운 작전인지는 몰라도 인질의 올바른 운용 방법을 알고 있는 상대인 듯하다. 이렇게 나오면 이쪽도 강경한 방법은 쓸 수 없다.

"어떡할래?"

만면에 음흉한 미소를 띤 채 남자는 우리들에게 물었다.

"알았어. 어쩔 수 없지. 가우리, 무기를 버리자."

"응….".

어쩔 수 없이 우리들은 무기를 버렸다.

남자들 여럿이 다가와서 우리들의 손을 뒤쪽으로 해서 묶었다.

"하지만 정말 멋지게 붙잡혀버렸군."

"어쩌다 보니 그렇게 된 거니 어쩔 수 없어. 뭐 어떻게든 되지 않겠어?"

"여전히 속 편하구나, 넌…. 네가 처해 있는 상황을 제대로 알고 있긴 한 거야?"

"아무래도 좋으니까 닥치고 걸어."

짜증이 난다는 어조로 남자는 말했다.

우리들은 수상한 남자들 여럿에게 둘러싸인 채 건물 안으로 끌려가는 도중이었다.

노후화해서 아무도 살지 않게 된 한 채의 아파트.

남자들이 들고 있는 등잔불이 지저분한 벽을 일렁이며 비추었다. 쉰 냄새가 희미하게 풍겨왔고 공기는 눅눅했다.

몸을 숨기기에는 좋은 장소일지도 모르겠지만 이런 안 좋은 환경을 용케도 소굴로 삼았다 싶었다. 이런 곳에서 살다간 성격이 비뚤어질 텐데.

이미 늦었을지도 모르지만.

"조용히 하는 것도 좋지만 그전에 하나만 물을게. 정말로 크로펠 씨는 무사하겠지?"

"이제 곧 만나게 될 거다."

"저세상에서 만나게 해 준다는 흔해 빠진 짓거리는 아니겠지?"

"걱정 마라. 최소한 목적을 이루기 전에는 죽이지 않으니까."

"그럼 이용 가치가 없어지면 이야기가 달라진다는 소리네."

"상상에 맡기지."

그런 이야기를 나누면서 일행은 안으로 안으로 걸음을 옮겼다.

여기서 갑자기 날뛸 수도 있지만 기왕이면 크로펠 씨가 있는 곳까지 안내받는 편이 좋을 것이다.

"아항. 지하실이구나."

"닥치고 있어."

일행은 돌계단을 내려갔다. 주위 공기는 더욱 불쾌한 습기를 띠었다.

계단이 끝난 곳에는 하나의 문.

"여기다."

남자는 문을 열고….

그대로 그 자리에서 굳었다.

안에는 이미 손님이 와 있었다.

그리 바람직한 상대는 아니었지만.

"기다리고 있었다."

암살자 즈마는 조용히 말했다.

나를 빤히 바라본 채로.

"무, 무슨 용건이냐?"

확연히 당황한 기색으로 남자가 말했다.

문 바로 앞에 즈마가 서 있는 탓에 방 안의 상황은 알 수 없었다.

"거기 있는 여자를 죽이러 왔다. 내게 넘겨라."

매우 태연한 어조로 말한다.

"허튼 소리 마라!"

남자는 화가 나서 고함을 질렀다.

"넌 칸젤이 고용한 암살자라고 들었는데 그 남자는 이미 이번 계획에서 제외되었다! 이 녀석들은 앞으로의 계획에 필요한 인질이다. 너 따위의 헛소리를 들어줄 순 없어!"

물론 그건 우리들을 보호하기 위한 것이 아니라 단순히 즈마의 태도가 맘에 들지 않아서 한 발언이겠지만….

그것이 남자의 명을 재촉했다.

"그래…?"

즈마는 스윽 방을 나와서 태연히 남자와 거리를 좁혔다.

"이제 관계가 없다면 나도 거리낄 것 없겠군."

느긋해 보이기까지 하는 동작으로 즈마의 몸이 둥실 뜨더니….

우직.

무엇을 어떻게 한 건지 내 위치에선 잘 보이지 않았지만….

한순간에 남자의 목은 부러져 있었다.

남자가 바닥에 쓰러지기도 전에 즈마는 그 옆을 빠져나와 내 쪽으로 거리를 좁혔다.

반원을 그리는 듯한 그 동작은 일견 느릿해 보였지만 빨랐다.

다른 남자들은 순간적으로 일어난 일에 대처하지 못하고 그 자리에 경직되어 있었다.

나는 황급히 물러서며 주문을 외웠다.

"우아아!"

기합과 함께 남자 한 명이 즈마에게 달려들었다.

달려든 게 아니라 가우리가 남자 뒤쪽에서 걷어찬 모양이지만.

생각지도 못한 방향에서 공격을 받은 즈마는 황급히 몸을 피하려 했지만 이곳은 좁은 계단이었다.

피하지 못하고 남자와 뒤엉킨 채 계단에서 떨어져 방으로 굴렀다.

그것을 신호로 남자들의 경직이 풀렸다.

"이 녀석!"

각자 검을 뽑아 들고 방 안으로 뛰어들었다.

그 틈에 나의 주문이 완성되었다.

"브람 팡[風牙斬]!"

발사된 바람의 화살은 가우리를 묶고 있던 밧줄을 가볍게 끊었다.

그는 목이 부러져 쓰러진 남자에게 달려가서 우리들의 검을 되찾았다.

가우리가 나의 밧줄을 끊었을 때 이미 아래쪽에선 대충 결판이 나 있었다.

우리 둘은 서둘러 방 안으로 들어갔다.

과거엔 창고로 쓰였던 듯 아무것도 없는 넓은 지하실이었다. 안쪽에 있는 의자에는 크로펠 씨가 묶여 있었다.

"오오! 당신들은!"

기쁨의 소리를 지르는 크로펠 씨.

아무래도 무사한 듯하다.

하지만 지금은 인사를 나누고 있을 때가 아니었다.

천장에서 빛나는 라이팅이 바닥에 하나 가득 쌓여 있는 남자들의 모습을 비추었다.

서 있는 것은 단 한 사람… 즈마뿐.

"이길 수 있을 것 같아?"

"모르겠어."

나의 물음에 가우리는 왠지 불안한 대답을 했다.

암살자는 천천히 몸을 이쪽으로 돌렸다.

"비켜라."

가우리를 향해 조용한 어조로 말하는 즈마.

"그 말을 듣고 비킬 거라 생각하나?"

그는 즈마로부터 나를 보호하는 위치에서 자세를 취했다.

즈마가 한 발짝 움직였다.

암살자도 가우리의 기량을 간파한 듯 섣불리 공격하지는 않았다. 하지만 만약 즈마가 주위를 어둠으로 감싸는 그 주문을 쓴다면 아무리 가우리라도 불리할 수밖에 없다. 그렇다면….

주문을 외울 틈을 주지 않겠다!

나는 바닥을 박차고 크로펠 씨를 향해 달렸다.

일순 동요하는 즈마.

나를 노릴지, 아니면 가우리와의 대결에 전념할지, 그런 약간의 망설임이 빈틈을 낳았다.

가우리가 달렸다!

롱 소드의 일격을 즈마는 아슬아슬하게 몸을 뒤로 빼서 피했다.

칫! 아깝다!

하지만 가우리의 검 앞에서 암살자는 주춤주춤 뒤로 밀렸다.

뒤쪽에는 벽.

여기서 이겼다고 크게 검을 휘두르다 허점을 찔려 단숨에 역전당하는 장면이 전승가 따위에 자주 나오는데, 역시 가우리답게 그런 섣부른 행동은 하지 않았다. 페이스를 바꾸지 않고 단숨에 베어간다.

하지만.

즈마는 주저 없이 그 자리에 쓰러지더니 가우리 쪽을 향해 비딕을 굴렸다.

평범한 상대라면 걷어찬 다음 칼로 푹 찔러주면 그만이지만 이 녀석을 상대로 그랬다간 다리가 부러질지도 모른다.

안쪽으로 파고들면 불리하다. 황급히 물러나는 가우리.

그 순간 즈마는 몸을 튕겨 단번에 일어나더니 그대로 단숨에 달렸다.

나를 향해!

"이런!"

가우리가 외쳤다.

나는 황급히 주문을 외우면서 검으로 자세를 취했다.

탁!

즈마가 바닥을 박찼다. 그대로 천장을 손으로 짚더니 반동으로 나를 향해 발차기를 날린다.

섣부른 반격은 죽음을 부른다. 나는 주저 없이 몸을 뒤로 뺐다. 그리고….

"빛이여!"

착지하는 순간을 노려 만든 빛의 구슬이 즈마의 안면에 명중했다!

"우왁!"

눈이 멀어 비명을 지르는 암살자.

방금 술법은 내가 쏜 것이 아니었다. 만약 그랬다면 즈마는 손쉽게 피했을 것이다.

크로펠 씨의 술법이었다.

완전히 계산 외의 공격을 받은 즈마는 몇 발짝 비틀거리더니 주저 없이 몸을 뒤로 뺐다. 그대로 방을 빠져나와 계단을 통해 탈출했다.

추격은 엄금. 가우리도 물론 뒤쫓지 않았다.

"겨우 물리친 것 같군…."

드물게 우울한 어조의 가우리. 물론 그런 녀석을 상대로 유쾌할 수 있는 것은 단순한 바보 아니면 위험한 취미를 가진 사람뿐이겠지만.

"덕분에 살았어요, 크로펠 씨."

나는 크로펠 씨의 밧줄을 풀어주면서 고맙다는 인사를 했다.

"뭘. 고맙다고 해야 할 건 내 쪽일세.

그건 내가 쓸 수 있는 유일한 술법이었는데 설마 밤중에 독서하는 데 말고도 도움이 될 줄은 생각지도 못했군."

그는 밧줄 자국이 있는 손목을 쓰다듬더니,

"거기 쓰러져 있는 남자들 중에 아직 숨이 붙어 있는 사람이 있을 걸세. 그 암살자가 이 방에 들어올 때 순식간에 보초들을 해치워버렸는데 그때에는 손속에 사정을 둔 것처럼 보이더군. 그러니까 증인으로 쓸 수 있겠지."

크로펠 씨의 지적대로 정신을 잃고 있을 뿐인 녀석이 몇 사람 있었다.

다른 녀석들은 이미 숨이 끊어져 있었다.

즈마의 일격으로.

살아 있는 것은 네 사람. 일단 밧줄로 묶은 다음 그중 한 사람을 가우리가 깨웠다.

"우… 우우…."

남자는 정신을 차리고 주위를 둘러보다 굳었다.

"어때? 기분은."

나는 최대한 차가운 말투와 시선으로 물었다.

"너… 너희들……. 그렇군. 칸젤 녀석, 버림받았다고 배신했구나!"

눈동자에 겁먹은 기색이 역력하다.

꽤 오해가 있는 듯하지만 풀어줄 이유는 없었다.

"조용히 해. 무슨 짓을 하고 있는 것인지는 알고 고용되었겠지? 당연히 이렇게 될 각오도 하고 말야."

남자는 바닥에 쓰러진 녀석들을 바라보더니,

"주… 죽은 거야…?"

"살아 있는 것처럼 보이지는 않지? 너도 저 안에 끼워줄까?"

"그러지 마! 살려줘!"

"그럼 질문에 대답해. 너희들을 고용한 것은 대체 누구지?"

"모… 몰라! 정말이야. 거짓말이 아니라고!"

누가 들어도 거짓말이다. 하지만 여기선 끈질기게 추궁하는 것보다도….

"그래. 모른다면 어쩔 수 없지."

나는 딱 잘라 말하고 차가운 미소를 지었다.

"너 말고 살아 있는 녀석은 셋이나 더 있으니까 걔들에게 묻도록 할게. 넌 저 녀석들과 같은 운명으로 만들어주고 말야."

말하고 뒤쪽에 쓰러져 있는 시체들을 가리켰다.

남자의 안색이 완전히 변했다.

나의 위협에 맞추어 가우리가 뒤쪽에서 남자의 머리에 손을 천천히 올려놓았다.

"잠깐! 잠깐만 기다려! 뭐든지 이야기할 테니까!"

당황해서 남자가 외쳤다.

"아무것도 모른다며?"

"알고 있는 것은 다 말할게! 그러니까 목숨만은!"

나는 팔짱을 끼고 잠시 생각하는 척해 보인 다음,

"흠, 뭐, 좋아. 할 이야기가 있으면 해봐. 네 이야기가 맘에 들면 살려줄 수도 있어."

"알고 싶은 것은 배후가 누군지 하는 거지? 응?"

아부하는 듯한 시선으로 느닷없이 본론을 들고 나왔다.

아무래도 어지간히 겁을 먹은 듯하다.

"우리들을 고용한 것은 아마 너희들도 알고 있는 녀석일 거야. 황송하게도 왕족님이지. 헤헤, 언제나 우리들을 만날 때에는 얼굴을 숨기고 이름도 말하지 않았지만 전에 그 녀석이 칸젤 녀석과 이야기할 때 칸젤이 그 녀석의 이름을 부르는 것을 듣고 말았어. 가르쳐줄게, 그럼."

"뜸들이지 말고 얼른 말해. 크리스토퍼 맞지?"

"아니."

뜻밖에도 그렇게 말하고 남자는 씨익 웃었다.

"알프레드야."

""""뭐?!""""

나와 가우리, 크로펠 씨 세 사람의 목소리가 멋지게 겹쳤다.

"설마 거짓말은 아니겠지?"

마음을 진정시키고 묻는 나.

"거짓말이 아니야. 아버지를 부추겨서 이러니저러니 한다고 했으니 말이지."

"하지만 알프레드는 우리들과 함께 습격당한 적도 있는데?!"

"아, 그거 말이지."

남자는 아무 일도 아니라는 듯,

"내 친구 중 한 명이 그 일을 맡았다고 하더군. 갑작스러운 일이었다고 해. 내부인의 안내로 왕궁으로 들어간 다음,

어느 별채로 가서 안에서 벽을 두드리는 소리가 나면 공격해라, 다만 그중 한 사람에겐 절대로 손을 대지 말라… 더군."

그러고 보니 그때….

알프레드는 안절부절못하는 태도로 방 안을 어슬렁거리다가 벽에 주먹질을 했다.

자신을 피해자로 가장해서 시선을 다른 곳으로 돌리는 수법.

생각해보면 비교적 흔한 수법이다.

"다른 것은?"

나는 이야기를 재촉했다.

"처음엔 그럭저럭 순조로웠다고 해. 그런데 그 칸젤인가 하는 녀석이 갑자기 이상한 짓을 시작했다더군. 대체 무슨 생각이었는 지 전혀 관계없는 녀석에게 계획에도 없던 습격을 시킨다든지 말 야. 그리고 결국에 가선 명령받은 것과 다른 상대를 공격하다가 결별했지."

"그 칸젤 말인데, 대체 어떻게 알프레드와 알게 된 거지?"

"거… 거기까지는 몰라. 특별히 녀석들을 호위하고 있었던 것 도 아니고…."

그건 뭐 그렇다.

아마 칸젤은 내가 필 씨와 알고 지내는 사이라는 사실을 알았 을 것이다. 그리고 내가 언젠가 이 사건에 관여할 것임을 직감하 고 필 씨의 적대자인 알프레드 편에 붙었겠지.

매우 장기적인 계획이었지만 이렇다 할 목적도 없이 여기저기 어슬렁거리는 사람을 소문에만 의지해서 찾아내기란 아무리 마족 이라고 해도 불가능에 가까운 일이었으니까.

특히 나의 경우 쓸데없이 이름이 많이 팔려 있어서 여기저기서 날조된 이야기가 꽤 횡행하고 있었다.

그리고 칸젤의 예측은 맞아떨어졌다.

왠지는 모르겠지만 아무래도 녀석은 내가 '집안 싸움에 말려들 어 죽었다'는 시나리오를 쓰고 있었던 것 같다.

하지만 암살자까지 일부러 고용했음에도 습격은 매번 실패. 그 러다 알프레드와 다투게 되었고 결국 그 시나리오를 단념하고는 왕궁을 나와서 현재에 이른 셈이다.

"그밖에 다른 것은?"

물었지만 남자는 고개를 저었다.

하지만 어찌 됐든 이 정도의 정보만 있으면 충분하다.

사건의 증인은 손에 넣었다.

남은 건 이제 결말을 기다리는 것뿐!

이걸로 대충 사건은 매듭지어졌다. 붙잡은 녀석들을 무사히 필씨에게 데려다주고 아까와 같은 이야기를 시키면 끝이다.

그 뒤는 필 씨에게 맡기면 된다.

그걸로 우리들의 일은 끝.

하지만….

문제는 두 가지.

하나는 말할 것도 없이 그 뒤에 버티고 있는 칸젤과 즈마.

싸움은 결코 피할 수 없다.

"왜 그래, 리나. 안색이 안 좋아 보이는데."

"응. 그럴 일이 좀 있어."

가우리의 물음에 나는 모호하게 대답했다.

"칸젤 때문에 그래?"

나는 고개를 끄덕였다.

어쨌거나 지금 이것저것 생각해봤자 소용없는 일이었다.

크로펠 씨를 구출하고 왕궁으로 향하는 길이었다.

살아남은 네 사람은 밧줄로 묶고 가우리가 그것을 잡아끌었다.

밤안개는 더욱 짙어져 있었다.

건물을 나왔을 때 이미 알프레드에게 고용된 남자들의 모습은 없었다.

도망치지는 않았을 것이다. 그렇다면 생각할 수 있는 것은 다시 어딘가에 전력을 집결시키고 있다는 것.

또 하나의 문제가 이것이다.

아마 왕궁에 도착하기 전에 다시 한번 습격이 있을 것이다. 적도 이번엔 전력으로 공격할 것이 틀림없다.

이쪽에는 크로펠 씨와 포로 네 사람이 있다. 싸우기 힘든 상황이지만 어떻게든 돌파할 수밖에 없다.

이윽고 일행은 큰길로 나왔다. 가로등 불빛이 밤안개에 흐려져 푸르스름한 빛의 구슬 모양을 만들고 있다.

그리고 큰길 저편.

왕궁으로 이어진 길 저편에서 안개 속에 우뚝 서 있는 사람 그림자들. 그 숫자는 30~40 남짓.

"역시 기다리고 있었구나, 우리들을."

내 말에 그중 한 사람이 묘하게 연기 같은 몸짓으로 머리를 쓸어 올리면서 한 발짝 앞으로 나섰다.

"예. 기다리고말고요, 아가씨."

나는 눈썹을 꿈틀거렸다.

"헤에, 당신이 직접 마중을 나와주실 줄은 몰랐군요, 알프레드 씨."

"사건의 전말을 전해준 기특한 사람이 있어서 말이죠. 이번엔
직접 나가봐야겠다고 생각했습니다."

"수고가 많으시군요."

"정말 그래요. 고생이 끊이지 않지요. 제 계획을 방해하는 사람
이 워낙 많아서."

"평소에 행실이 안 좋았던 거 아닌가요?"

"꽤 건방진 소릴 하시는군요⋯."

"원한다면 좀 더 이것저것 말해 줄 수도 있는데?"

"아뇨. 그걸로 충분합니다. 인사는 이쯤 해두고 슬슬 결판을 내
죠."

"그래요."

나는 검을 뽑았다.

그때⋯.

"그 여자는 내가 처리하겠다."

낭랑한 목소리가 밤안개 속에 울려 퍼졌다.

익! 이 목소리는!

"너였군⋯."

입가에 쓴웃음을 띠는 알프레드.

"아까는 우리들을 방해한 것 같지만⋯ 뭐, 좋아. 어쨌거나 이 녀
석들은 전부 해치우지 않으면 안 되니까. 좋을 대로 해라."

"그렇게 하지."

목소리는 뒤쪽에서 났다.

문득 돌아보니 그 앞에 어둠의 색을 두른 그림자가 하나.

암살자 즈마.

완전히 샌드위치 상대였다.

"이봐, 이봐. 멋대로 이야기를 진척시키지 마."

소리를 지른 것은 가우리였다.

뽑아 든 검으로 척! 하고 즈마 쪽을 가리키더니,

"난 이 녀석의 '보호자'라서 말이지. 만약 이 녀석과 싸우고 싶다면 일단 나부터 쓰러뜨려야 할걸?"

"흠⋯."

즈마는 잠시 눈을 감고 침묵하더니,

"그럼 그렇게 하지."

작고 낮은 목소리로 말했다.

아무리 즈마의 실력이 뛰어나다고 해도 나와 싸우면서 가우리의 공격을 피하는 것은 불가능하다. 아마 본인도 그렇게 판단했을 것이다.

"어찌 됐든 좋을 대로 해."

반쯤 될 대로 되라는 식으로 말하는 알프레드.

"어쨌거나 이야기가 일단락되었으니⋯⋯ 이제 슬슬 시작해볼까?"

"슬리핑(Sleeping)!"

도화선이 된 것은 나의 주문이었다. 하지만 상대는 포로 네 사람. 아무리 밧줄로 묶여 있다고 해도 갑자기 이상한 움직임을 보이면 상당히 불리해지니까.

네 남자가 잠에 빠진 것과 동시에 가우리는 뒤쪽에 있는 즈마를 향해 도약했고, 나는 다음 주문을 외우면서 앞에 있는 집단을 향해 돌진했다.

"가라!"

알프레드의 호령이 떨어지자 수십 개의 그림자가 움직였다. 그 한복판으로 파고드는 나.

"메가 브랜드[爆裂陳]!"

콰광!

바닥에 깔려 있는 돌 블록 위로 파문이 일더니 자객들에게 닿자마자 그 발밑에 있는 땅이 밤하늘을 향해 솟아올랐다.

나는 서둘러 몸을 뒤로 빼고 다음 주문의 준비를 했다.

적진 한복판에 뛰어들어 알프레드를 인질로 잡는 방법도 생각했지만 그 대신 크로펠 씨가 인질로 잡힐 우려가 있었다. 그래선 그다지 의미가 없다.

"분 가 루임[黑影夢]!"

두 손을 높이 치켜들고 외치는 알프레드.

그러고 보니 이 녀석도 마법을 쓸 수 있었지.

쏴아!

그를 중심으로 벌레 날개 같은 소리를 내며 검은 안개처럼 보이는 것이 땅에서 피어올랐다.

전에 즈마가 쓴, 주위를 어둠으로 바꾸는 술법과 언뜻 보기엔 비슷해 보이는데….

안개는 흐물흐물 피어올라 검은 그림자를 여럿 만들어냈다.

윤곽이 뚜렷하지 않은 사람의 모습을.

섀도 비스트[黑獸人]!

아스트랄 사이드에 살고 있는 저급 마수로 상대의 몸에 달라붙어 기력을 송두리째 빼앗는 기분 나쁜 특기를 가지고 있다.

존재가 매우 불안정하기에 그냥 내버려둬도 한나절만 있으면 멋대로 소멸하지만 이 상황에서 그런 것은 아무런 도움도 되지 않는다.

'저급'이긴 해도 물리적 공격은 거의 듣지 않고 땅, 물, 불, 바람을 이용한 술법도 효과가 떨어진다.

하지만 지금 주문을 바꿀 여유는 없었다.

"파이어 볼!"

이걸로 섀도 비스트를 공격해봤자 소용없기에 일단 가까이 있는 자객들을 향해 공격을 날렸다.

푸르스름한 빛의 구슬이 어둠을 갈랐고….

"브레이크!"

내가 손가락을 튕김과 동시에 빛의 구슬은 열 개 가까이로 분열해서 여러 개의 작은 폭발을 일으켰다.

자객들의 비명이 겹쳐졌다.

작은 폭발이라곤 해도 지근거리에서 작렬하면 살상 능력은 충분하다.

이걸로 자객들의 숫자는 상당히 줄어들긴 했지만 아직 반 이상은 남아 있었고, 이미 주위는 포위되어 있었다.

어떻게든 시간만 번다면 사태는 유리해지겠지만….

만약 마을의 경비병들이 소란을 눈치채고 달려와준다면 그걸로 이곳 싸움은 끝나고 알프레드의 운명은 종언을 고할 것이다.

물론 그 역시 그런 것은 잘 알고 있을 것이다.

자객 한 사람의 공격을 나는 간신히 검으로 막아냈다.

"더스트 칩[氷霧針]!"

가로등 불빛에 공기가 반짝였다.

나는 황급히 자리에서 물러났다.

"우왁!"

나를 공격하려 했던 남자가 몸을 뒤로 젖히고 비명을 질렀다.

손톱만 한 크기의 작은 얼음 화살을 무수히 날리는 술법이다. 살상 능력이나 사정거리 모두 별것 아니지만 맞으면 엄청나게 아프다.

"딤 윈[魔風]!"

다음 주문을 외우는 알프레드. 바람의 충격파로 상대의 움직임을 잠시 봉하는 기술이다.

공격 범위가 매우 넓기에 피하기는 매우 어렵다. 나는 힘에 거스르지 않고 뒤쪽으로 크게 도약해서 받아넘겼다.

우웅!

귓가에서 바람이 신음하면서 충격이 전해졌다. 잠시 숨이 막혔고 주문이 중단되었다.

그 틈에도 섀도 비스트들은 나와 거리를 좁히고 있었다.

내 주문이 완성되지 않는다면 섀도 비스트에 대항할 수단은 없다. 그걸 알고 작은 기술을 연발하는 건가?!

"크윽!"

그때 뒤쪽에서 난 신음 소리.

아차! 크로펠 씨!

돌아보니 크로펠 씨의 손에서 튕겨나간 검이 땅에 떨어지던 참이었다.

황급히 지원 주문을 외우는 나.

주춤주춤 후퇴하는 크로펠 씨에게 검을 거머쥐고 다가오는 자객 한 명.

"각오해라, 영감!"

크게 검을 치켜든다.

안 돼! 한 발 늦었다!

"브람 블레이저[靑魔烈彈波]!"

푸른색 빛이 밤하늘을 가르며 간발의 차이로 달려드는 자객을 쓰러뜨렸다!

방금 그건?!

"아니!"

당황해서 주위로 시선을 돌리는 알프레드.

길가에 서 있는 한 채의 폐가. 그곳 2층 발코니에 서 있는 사람 그림자.

"말도 안 돼!"

눈을 치뜨고 외치는 알프레드.

"어째서 네가 여기 있는 거지?! 아멜리아?!"

4. 결판은 일단 내두자

"홋. 잘 아시면서."

무녀 법의를 바람에 나부끼며 그녀는 낭랑하게 외쳤다.

"세상의 눈은 속일 수 있어도 제 눈은 속일 수 없어요!"

영문을 알 수 없는 말을 하면서 그녀는 무녀 법의를 펄럭 벗어 던졌다.

그 밑에는 움직이기 쉬워 보이는 헐렁한 흰 옷.

"야압!"

기합과 함께 아멜리아 씨는 바닥을 찼다.

"오오!"

끓어오르는 감탄의 목소리.

그녀는 베란다에서 뛰어내려 공중에서 한 바퀴 돌더니….

철퍽.

착지에 실패해서 그대로 땅에 키스했다.

우와아, 엄청 아플 것 같다….

영원할 것 같은 침묵 후에 다시 벌떡 일어나더니 마치 아무 일도 없었다는 듯 옷에 묻은 먼지를 탁탁 털어낸다.

꽤 튼튼하게 만들어진 모양이다. 이런 부분은 역시 필 씨의 딸이라고 해야 할까….

그녀는 알프레드를 척! 가리키더니,

"이제 끝났어, 알프레드! 얌전히 포기해."

"빌어먹을!"

그는 이를 뿌득 갈더니,

"왜지?! 언제 눈치챈 거냐!"

"훗, 간단해! 잠이 안 와서 멍하니 정원을 보고 있는데 네가 몰래 나가는 게 보였어. 마음에 걸려서 미행해보니 수상한 녀석들과 합류해서 리나 씨 일행을 습격하고 있었지. 그래서 난 감을 잡은 거야!"

거기까지 보면 누구든 감을 잡는다고. 보통은.

잘난 척 떠들 일은 아니라는 생각이 드는데….

하지만 그렇다면 그녀는 우리들이 전투를 시작한 후에 근처에 있는 테라스에 기어 올라가서 크로펠 씨가 위험에 빠질 때까지 가만히 기다렸다는 건가…?

대체 무슨 생각을 하고 있는 건지….

하지만 그녀의 말을 듣고 알프레드는 씨익 웃음을 띠더니,

"그렇게 되었나……? 그럼 너만 처리하면 아무 문제 없는 셈이군."

그 눈동자에는 광기가 어려 있었다.

"웬만하면 그만두지?"

나는 반쯤 어이없어서 말했다.

"넌 악당으로선 2류야. 쓸데없는 저항은 오히려 자신의 파멸로 이어질 뿐이라고."

"악당이라고?!"

화가 나서 악을 쓰는 알프레드.

"말도 안 되는 소리! 너희 속물들이 모르고 있을 뿐이야! 내가 하고 있는 일이 정의고 나야말로 이 나라의 왕이 되기에 적합한 인물이란 말야! 내가 왕이 되면 분명 이 나라를 지금보다 더 크고 풍요롭게 만들 수 있어! 이 나라를 중심으로 세계를 통일하는 것도 꿈만은 아니라고!"

아까 한 말을 취소한다. 이 녀석은 악당으로선 3류 이하다.

"훗. 재미있군."

그렇게 말하면서 한 발 앞으로 나서는 아멜리아 씨.

"그럼 그 '정의'인지 뭔지를 네 몸으로 증명해봐. 나를 쓰러뜨리는 걸로 말야."

알프레드가 3류 악당이라면 아멜리아 씨는 영웅에 심취해 있었다. 전승가 등에 흔히 있는 장면의 축소판이 여기에 있었다.

"리나 씨는 손대지 마요."

이것 또한 전승가의 패턴.

만세♡

그럼 나는 크로펠 씨를 호위하면서 잔챙이들만 상대하면 되는 셈이잖아.

이거 정말 쉬운걸?

그렇게 말하고 있는 사이에도 뒤에선 가우리와 즈마가 계속 사투를 벌이고 있었다.

그곳은 이미 완전한 두 사람만의 세계였다.

힘들겠구나, 가우리.

내 탓이지만….

검이라는 무기가 있는 만큼 가우리가 다소 유리했지만 대신 즈마에겐 마법이 있다.

가우리의 검이 한참 몰아붙이고 있지만 즈마가 주문을 내쏘면 어쩔 수 없이 후퇴하는 가우리.

"원 참…. 끝이 없겠어, 이래선…."

가우리의 중얼거림에 즈마는 침묵을 지켰다.

하지만 투덜거린다고 해서 사태가 호전되는 것은 아니다. 다시 가우리가 공격해갔다. 주춤주춤 뒤로 물러서는 즈마.

두 사람의 전장은 조금씩 조금씩 이쪽으로 이동해서 크로펠 씨 근처까지 접근했다.

당황해서 내 쪽으로 도망치는 크로펠 씨. 현명한 판단이다.

방금 아멜리아 씨의 주문에 쓰러진 남자가 있는 곳까지 오자 즈마는 유유히 반격에 나섰다.

"다크 미스트."

즈마를 중심으로 만들어진 어둠이 단숨에 주위로 퍼졌다.

"우옷?!"

휘말리지 않기 위해 황급히 자리에서 물러나는 가우리.

그런 그를 뒤쫓아 어둠 속에서 뛰쳐나오는 그림자 하나.

"핫!"

가우리의 검이 번뜩이더니 멋지게 그림자를 꿰뚫었다!

하지만… 즈마가 아니었다!

가우리의 검이 꿰뚫은 그것은 방금 아멜리아 씨가 술법으로 해치운 남자였다.

즈마는 발치에 쓰러진 남자를 어둠 속에서 가우리 쪽으로 집어던진 것이다.

그의 검의 움직임을 봉인하기 위해서.

방패가 된 남자의 뒤에서 이번에야말로 진짜 즈마가 달려들었다. 가우리를 향해.

상대가 즈마가 아니라면,

손에 들고 있는 것이 '빛의 검'이 아니라면,

가우리는 주저 없이 검을 집어 던졌을 것이다.

하지만 잠시 망설임이 생겼다.

두 사람의 움직임을 한순간 나는 포착하지 못했다.

즈마의 두 손이 움직이더니 몸이 반회전했다. 가우리의 몸은 아래쪽으로 가라앉았다.

쨍!

날카롭고 맑은 소리가 밤하늘에 울려 퍼졌다.

검이 부러지고 즈마의 발길질을 얻어맞은 가우리는 그대로 바닥에 굴렀다.

"플레어 애로!"

먼저 공격한 것은 알프레드 쪽이었다.

아멜리아 씨는 피하려고 하지도 않았다.

열 발 가까운 불꽃의 화살은 그녀에게 닿지도 못하고 여기저기 예기치 못한 방향으로 튕겨나갔다.

이미 바람의 결계를 쳐놓은 상태였다!

"아니?!"

눈을 치뜨는 알프레드. 황급히 다음 주문을 외우기 시작한다.

이 주문은…?

바람의 결계를 펼쳐놓으면 어지간한 작은 기술은 전혀 통용되지 않는다. 그걸 알고 큰 기술 승부로 나선 건가?

그사이에도 섀도 비스트 몇 마리가 조금씩 그녀 쪽으로 접근했다. 하지만 그녀는 당황하지 않고 조용히 무언가 주문을 외웠다.

알프레드의 주문이 먼저 완성되었다!

"디스팡[餓龍交]!"

가로등의 '라이팅'에 의해 만들어진 그의 그림자가 부자연스러운 형태로 크게 뻗더니 용의 아가리 모양이 되었다.

이 주문도 자신의 그림자 안에 아스트랄 사이드의 저급 마수를 소환하는 술법.

위험하다! 이것에 물린다면 거의 치명적인 대미지를 입는다. 게

다가 '섀도 스냅(Shadow Snap)' 같은 것과 달리 그림자를 '라이팅'으로 지울 수도 없다.

그림자 용은 거대한 아가리를 크게 벌리고 그녀를 향해 돌진했다!

말할 것도 없다고 생각하지만 물론 그동안 나도 싸우고 있었다. 크로펠 씨를 보호하면서 잔챙이들을 상대하는 싸움이다. 숫자는 많았지만 그래봤자 잔챙이, 고전할 만한 상대는 아니다.

그렇다곤 해도 숫자가 많다. 사우리와 아멜리아 씨의 싸움을 구경하는 정도는 가능하지만 공격마법으로 원호를 할 수 있을 만한 여유는 없었다.

어떻게든 이 잔챙이들을 해치우고 어느 쪽이든 도와줘야 하는데….

"으아! 짜증 나!"

나의 주문이 여러 명의 자객을 날려버렸다.

탁!

간발의 차이로 가우리는 자리에서 몸을 일으켰다. 몸을 낮추어서 즈마의 발길질을 가슴 갑주로 막아 대미지를 줄인 듯하다.

하지만 즈마는 다시 가우리를 향해 질주하기 시작했다.

가우리는 길이가 절반 정도로 줄어든 검을 오른손에 들고 후퇴하면서 왼손으로 품속을 뒤졌다.

"파이어 볼."

즈마의 가슴에서 푸르스름한 빛의 구슬이 만들어졌다.

그 순간.

가우리의 왼손이 미미하게 움직였고 오히려 즈마가 황급히 몸을 피했다.

콰앙!

폭염이 밤안개를 오렌지빛으로 물들였다.

가우리가 던진 돌멩이가 즈마가 만들어낸 파이어 볼에 명중해 암살자의 눈앞에서 폭발한 것이다.

하지만 불꽃이 사라지기도 전에 그 안에서 즈마가 연기를 가르고 뛰어나왔다.

가우리의 검이 번뜩였다!

"플로 브레이크[崩魔陣]!"

드높이 울려 퍼지는 아멜리아 씨의 목소리. 순간 주위의 땅에 불이 밝혀졌다.

'라이팅'과 비슷한 색깔의 마법의 빛. 알프레드와 그림자 용. 그리고 섀도 비스트들을 포위하는 거대한 육방성의 정점 위치에 밝혀진 빛은 한순간 눈부신 빛을 뿜고 사라졌다.

할 말을 잃고 멍청히 서 있는 알프레드.

방금 빛이 한 번 번쩍인 것만으로도 육방성 안에 있던 섀도 비스트와 그림자 용까지 모습을 감추었다.

방금 그녀가 쓴 술법은 내가 칸젤에 의해 이상한 공간에 갇혀 있을 때 탈출용으로 사용한 술법과 이론적으론 같은 것으로 보였다.

즉 이 세계에 무리하게 소환되어 매우 불안정한 존재이던 아스트랄 사이드의 마족들을, 그것들이 본래 있어야 할 세계의 문을 잠깐 열어 육방성의 결계로 각 세계의 균형을 되돌림으로써 원래 세계로 돌려보낸 것이다.

"마… 말도 안 돼?!"

믿을 수 없다는 시선으로 두리번두리번 주위를 둘러보는 알프레드.

그가 시선을 되돌렸을 때, 이미 아멜리아 씨는 그 눈앞에 바짝 다가온 상태였다.

"아…?!"

퍼억!

그녀의 팔꿈치가 정확히 알프레드의 턱을 강타했다.

크게 몸을 뒤로 젖히더니 그대로 대자로 뻗었다. 방금 그 공격은 정확히 들어갔다. 그는 더 이상 꿈쩍도 하지 않았다.

내가 마지막 잔챙이를 쓰러뜨린 것은 그것과 거의 동시였다.

가우리는 반쯤 부러진 검을 즈마에게 내리쳤다.

검에 본래의 길이가 있다 해도 거리상으론 조금 먼 거리.

거리를 잘못 측정한 것은 아니었다.

내리침과 동시에 검의 칼날은 칼자루에서 분리되어 지근거리에서 즈마를 향해 날아갔다.

파이어 볼이 작렬한 순간에 검의 고정쇠를 제거해서 칼날과 칼자루를 분리한 모양이다.

피할 수 있는 거리는 아니었다. 하지만 즈마는 오른손으로 날아오는 칼날의 옆면을 때려 튕겨냈다.

여기까지 오면 더 이상 인간의 기술이 아니지만….

그때 한순간의 빈틈이 생겼다.

"빛이여!"

가우리의 검에 만들어진 빛의 칼날.

황급히 몸을 피하는 즈마. 하지만!

촤악!

빛이 즈마의 오른쪽 어깨를 베었다!

물러서는 즈마에게 가우리는 재차 칼을 휘둘렀지만 이것은 암살자의 웃옷을 가볍게 벤 것에 불과했다.

하지만 가우리가 처음 가한 일격은 즈마의 오른팔을 어깨부터 싹둑 잘라버렸다.

이제 승부는 난 것이나 마찬가지. 싸워봤자 패배가 명확하다고 판단했는지 즈마는 퇴각에 나섰다. 크게 뒤쪽으로 도약한다.

그 순간을 나는 기다리고 있었다.

이런 골치 아픈 녀석을 도망치게 놔둘 순 없지.

"플레어 란스(Flare Rance)!!"

즈마가 땅을 박찬 순간 그 궤도를 예측하고 나는 주문을 발사했다!

이것은 피할 수 없을 것이다!

하지만!

즈마는 날아오는 불꽃의 창을 남아 있는 왼손으로 막았다.

붉은 불꽃이 터졌다.

다른 부위에 맞는 것보다는 낫긴 해도 정말 무모한 행동이다.

왼팔이 완전히 새까맣게 타버렸지만 그래도 암살자는 골목 안으로 모습을 감추었다.

"끝났구나."

작게 중얼거린 것은 아멜리아 씨.

나는 일단 고개를 끄덕였다.

이걸로 세이룬의 동란은 일단락될 것이다.

하지만 내 쪽은 아직이다.

대체 어느 정도의 힘을 가지고 있는 걸까…?

마족 칸젤.

다음 날 아침….

왕궁은 수런거리기 시작했다.

돌아온 우리들은 사건의 전말을 필 씨에게 설명하고 아직 뻗어 있는 알프레드를 일단 별채에 가둬놓고 감시병을 붙였다.

문제는 크리스토퍼.

아무래도 주범은 어디까지는 알프레드인 것 같지만 그도 이 일에 가담한 것은 분명했다.

그럼 대체 어느 정도까지 가담했는지 확인해볼 필요가 있었다.

필 씨는 나와 가우리를 대동하고 크리스토퍼의 모습을 찾았다.

그는 왕궁 로비에 있는 소파에 홀로 멍하니 앉아 있었다.

아마 알프레드가 붙잡혔다는 소식은 그의 귀에도 들어갔을 것이다. 지금은 완전히 기력을 잃고 갑자기 폭삭 늙어버린 것처럼 보였다.

"크리스토퍼."

필 씨가 부르는 소리에 그제야 그는 시선을 이쪽으로 돌렸다.

"형님… 이십니까…."

자조 섞인 미소를 띠면서 그는 중얼거리듯 말했다.

"사정은 알고 있겠지?"

그렇게 말하고 필 씨는 건너편 소파에 앉았다.

우리 두 사람은 필 씨의 좌우에 섰다.

왕족은 호신용으로 항상 단검을 가지고 다닌다. 자포자기의 심정이 된 크리스토퍼가 갑자기 필 씨를 공격해올 우려도 있었다.

크리스토퍼는 힘없이 고개를 끄덕이더니,

"녀석의…, 알프레드의 상태는 어떻습니까?"

"아직 정신을 잃은 상태다. 머지않아 정신이 들겠지."

그는 깊이 한숨을 쉬더니,

"그렇습니까…."

잠시 무거운 침묵이 이어졌다.

필 씨 쪽도 대체 어떻게 대처해야 좋을지 고민하고 있는 모습이었다.

"애초에 모든 것은 제 책임입니다…."

이윽고 띄엄띄엄 이야기를 시작한 것은 크리스토퍼였다.

"저였습니다, 녀석에게 그런 야망을 불어넣은 것은….

생각해보니 전 녀석이 철이 들었을 때부터 자신의 처지에 대해 불평만 한 것 같습니다.

태어난 순서가 조금 달랐다면 왕이 될 수 있었을 텐데… 따위로 말이죠.

녀석이 이번 계획을 밝히고 왕궁 밖에서 칸젤을 제게 소개했을 때에도 저는 그것을 막기는커녕 오히려 얼씨구나 하고 가담했습니다.

그때에는 제가 제정신이 아니었다고 말할 염치는 없지만요….

하지만 언젠가는 이런 파국이 찾아올 거라는 예감이 가슴 한구석에 있으면서도 자신의 야망을 아들에게 떠맡겨서 이 지경까지 이르게 한 것이…

그게 너무나 후회스러울 뿐입니다.

부모로서요…."

다시 깊은 한숨을 쉬더니,

"저는… 어떤 벌을 받아도 좋습니다. 자신의 야망을 위해 살다 몰락한 것이니까요. 어쩌면 이것은 제가 바랐던 것일지도 모르겠습니다….

하지만 녀석은… 알프레드는 다릅니다. 제 야망을 떠맡고 그것을 자신의 꿈이라고 믿고 있을 뿐입니다.

제 자식만 챙긴다고 하셔도 좋습니다. 하지만… 가능하다면… 이기적인 부탁이라는 것은 잘 알지만, 그래도 부탁드립니다….

부디 형님… 녀석에겐…… 너무 심한 처분을 하지 말아주십시오."

"그건… 알프레드 하기 나름이군."

필 씨는 말했다.

그때였다.

밖에서 병사들이 수런거리기 시작한 것은.

그리고 빛을 등지고 출입구에 나타난 인물.

알프레드.

오른손에는 검을 늘어뜨린 채.

"알프레드?!"

튀어오르듯 크리스토퍼는 소파에서 일어섰다.

쿵쾅쿵쾅 발소리가 나며 병사들이 조금 거리를 두고 출입구 밖을 포위했다.

"다가오지 마라!"

일갈하며 알프레드는 천천히 로비로 들어왔다.

광기 어린 표정을 지은 채로.

"알프레드… 넌 대체…."

"물론 빠져나왔지. 누가 그런 데서 얌전히 있을 것 같아?!"

"보초병은 어떻게 했지?"

조용한 어조로 말하는 필 씨.

"보초라고?!"

입가에 일그러진 미소를 띠더니,

"웃기지 마! 나에게 어째서 그런 게 필요하지?!

물론 잘난 척하는 병사가 있긴 있었어. 그 녀석이 뭐라고 했는 줄 알아?!

'당신을 내보내줄 수 없습니다'라더군! 정말 웃기지? 안 그래?!

그래서 가르쳐줬어. 자신의 주제를 말야!

분명 저세상에서 반성하고 있을 거야! 그 녀석!"

"이제 그만해라! 알프레드!"

떨리는 목소리로 말한 것은 크리스토퍼였다.

병사들은 우리들을 포위하고 있었지만 분위기에 압도되었는지 알프레드에게 손을 대는 자는 아무도 없었다.

"그만해. 이제 됐다, 알프레드! 끝났어…. 끝났다고!"

"아니!"

크리스토퍼의 말에 알프레드는 격렬하게 고개를 저었다.

"아니! 아니! 아니에요, 아버지! 끝나지 않았어요! 아직 안 끝났다고요!"

핏발이 선 눈으로 필 씨를 노려보면서 천천히 다가왔다.

필 씨는 자리에서 일어났고 나와 가우리는 검에 손을 가져갔다.

"그만해! 이제 그만해라!"

필 씨와 알프레드 사이를 막아서는 크리스토퍼.

알프레드가 이를 악무는 소리가 내 귀에까지 들려왔다.

"비켜요! 아버지!"

"그만둬! 알프레드!"

"비켜!"

그렇게 외치고 바닥을 박찼다.

"알프레드!"

쿵!

크리스토퍼와 알프레드 두 사람의 몸이 부딪쳤고⋯

주르륵 무너져 내린 것은 알프레드였다.

"⋯⋯."

그 입술이 작게 움직였다.

마지막 말을 들을 수 있었던 것은 아마 호신용 단검으로 알프레드를 찌른 크리스토퍼뿐일 것이다.

"이것이⋯ 결말인가⋯."

씁쓸한 미소를 띠며 작게 중얼거리는 크리스토퍼.

"실격이군⋯. 난⋯ 부모로서⋯."

말이 끝나자마자 그 단검을 자신의 가슴에 갖다대었다.

덥석!

그 손을 붙잡아 제지한 것은 필 씨였다.

"형님! 왜 막는 겁니까?!"

"형제니까…."

필 씨는 조용한 어조로 말했다.

"벌써 떠나려고요?"

다음 날.

아멜리아 씨가 홀연 우리 방에 얼굴을 내민 것은 슬슬 출발하려고 하던 차였다.

"예. 꼭 해야 할 일도 있으니."

일부러 쾌활한 어조로 대답하는 나.

내가 하지 않으면 안 되는 일.

즉 칸젤과 결판을 내는 것.

공간을 자유자재로 이동하는 마족과 싸우는 것이니 그리 즐거운 일은 아니었지만 침울한 어조로 괜히 그녀에게 걱정을 끼칠 필요는 없었다.

"흐흥…."

그녀는 내 눈을 의미심장한 눈으로 빤히 들여다보았다.

"무언가 숨기고 있구나? 리나 씨."

"아… 아뇨!"

나는 당황해서 설레설레 손을 젓고,

"전 묵었던 곳의 비품을 몰래 가지고 가는 치사한 짓은 안 해요."

"그런 의미가 아니라! 우리들에게 말하지 않은 '무언가'를 당신은 알고 있는 게 아닐까 하는 거예요!"

"무언가… 라면?"

"예를 들면… 당신은 목숨을 위협받고 있었다, 아마 모습을 감춘 칸젤에게서,

하지만 어째서? 녀석은 대체 누구일까?"

"글쎄요. 좀 복잡한 사연이 있어서."

나는 모호하게 대답했다.

왜 녀석이 나를 노리고 있는 걸까?

그 이유는 아직 분명치 않지만 어쨌거나 그건 이번 세이룬의 후계자 다툼과는 상관없는 일이다.

괜히 사정을 이야기해서 일이 복잡해지면 큰일이다.

"복잡하다니 뭐가요?"

하지만 그래도 물고 늘어지는 아멜리아 씨.

"그러니까 여러 가지가 복잡하게 얽혀서…. 하지만 당신이야말로 어째서 그런 걸 묻는 거죠?"

"제 정의의 피가 끓고 있거든요."

영문을 알 수 없는 소리를 하면서 그녀는 오른손으로 주먹을 불끈 쥐었다.

"최근 이곳저곳에서 여러 가지 일들이 일어나고 있어요.

보이는 곳, 보이지 않는 곳에서 여러 가지 일들이….

아무래도 무언가가 크게 움직이기 시작했다는 느낌이 들어요.

어쩌면 그것이 '세계'라든지 '운명' 같은 것일지도 모르겠지만, 제 정의의 직감은 그것이 사악한 것이라고 고하고 있어요."

물론… 무녀의 능력 중에 그런, 즉 '왠지 모르게 알게 되는' 것이 있긴 하지만 그것을 '정의'라는 단어로 설명하니 왠지 무지막지하게 수상하게 들리는 것은 왜일까?

"그리고 리나 씨,

당신이 악당이 아니라는 건 알고 있지만…

이것도 제 감인데 왠지 그 '움직임'에 당신이 어떤 식으로든 관련되고 있다는 느낌이 들어요."

저기… 사악한 것이 어쩌니저쩌니 하는 건 좀….

물론 짚이는 데가 없지는 않지만 여기서 섣불리 '저도 그렇게 생각해요'라고 말한다면 이 이야기의 분위기로 보건대 그녀는 우리들을 따라가겠다고 말할 것이 틀림없다.

"지나친 생각이에요, 지나친 생각."

그렇게 말하고 나는 미소를 지었다.

문을 두드리는 소리가 똑똑 났다.

"아, 예."

멍하니 침대에 앉아 있던 나는 정신을 차리고 문을 열었다.

"여."

서 있는 것은 가우리였다.

세이룬 시티 번화가에 있는 여관.

왕궁을 뒤로한 그날, 바로 마을을 떠날 수도 있었지만 어영부영 마을 안을 구경하고 다니다 결국 이곳에 방을 잡았다.

저녁을 마치고 방에서 멍하니 있는데 그가 찾아온 것이다.

"무슨 일이야? 가우리."

"음, 그냥."

모호한 대답을 하고 침실용 소탁 앞의 의자에 앉는다.

나도 침대에 앉고….

잠시 침묵.

"무슨 일 있는 거야? 리나."

부드러운 어조로 말하는 가우리.

"무슨 일이라니?"

"얼버무리지 마, 너답지 않게. 낮에 마을을 돌아다닐 때에는 기운이 넘치던 주제에 가끔씩 생각에 잠기는 모습을 보이고, 저녁때에도 아무 말 안 했어.

말해봐. 뭘 생각하고 있는 거야?"

"음….."

"뭐, 내가 해결할 수 있을 만한 이야기는 아닐 거란 생각은 들지만 말야. 아무런 도움이 되지 않아도 이야기하면 조금은 속이 편해질지 모르잖아."

"……."

잠시 침묵.

여관 1층에 있는 술집에서 취해서 떠들어대는 남자들의 목소리가 들려왔다.

후우.

나는 작게 한숨을 쉬었다.

"뭐, 숨겨봤자 소용없겠지….

오늘 낮에 아멜리아 씨가 이런 소릴 했어. '세계에서 무언가 사악한 것이 움직이기 시작하고 있다. 그것에 당신이 관련되어 있는 것 같다'고."

"불안한 소리를 하는구나."

"뭐, 그건 그렇지만…. 그래서 생각했어."

"평소의 행실에 대한 반성이라도 한 거야?"

"그게 아니라! 어째서 칸젤이 내 목숨을 노렸다고 생각해?"

"뭐…? 갑자기 그렇게… 물어도…."

느닷없는 이야기의 전개를 따라가지 못한 채 그는 당황한 표정으로,

"전에 어딘가에서 만난 것도 아닌 것 같고….

세이그람이 어쩌니 저쩌니 한 걸로 보아 호된 꼴을 당한 그 녀석이 칸젤에게 하소연이라도 한 건가? 음, 조폭도 아닌데…."

"그렇지?"

나는 억지로 미소를 지어 보였다.

"그럼 어째서지?"

"솔직히 말해 칸젤이 나를 노리는 이유는 전혀 모르겠어.

하지만 만약…

만약이야….

나를 노리고 있는 것이 칸젤 개인이 아니라 '마족' 자체라고 하면?"

그 말에 말을 잇지 못하는 가우리.

"그거라면 날 노리는 이유가 설명이 돼…."

나는 말했다.

말투가 다소 침울한 것은 부정하지 않았다.

예전에—

우리들은 고위 마족과 싸워 상당한 행운이 겹친 것이긴 했지만, 그를 이긴 적이 있었다.

그 마족의 이름은… 루비 아이 샤브라니구두(일부).

그렇다. 일찍이 신화의 시대에 적룡신 쉬피드에 의해 몸이 일곱 조각으로 분리된, 이 세계의 마족을 총괄하는 존재였다.

마왕을 쓰러뜨렸다고 하면 터무니없는 허풍으로밖에 들리지 않겠지만 틀림없는 사실이다.

나도 솔직히 말해 그 사건이 있기 전까지는 마왕이니 뭐니 하는 전설 따위는 반신반의하고 있었다.

마법사가 아니더라도 누구나 알고 있는(가우리는 제외) 이야기 중에 '천 년 전에 부활한 샤브라니구두 중 하나가 카타트 산맥에서 지금도 얼음에 갇힌 채 온 세계의 마족을 조종하고 있단'는 것이 있는데, 아무래도 이것도 사실인 듯하다.

그렇다면 '북의 마왕'으로 불리는 그가 자신의 분신을 해치운 상대를 가만히 내버려둘까?

이 일은 당사자 중 한 명인 가우리에게도 남의 일은 아니다.

"너… 마족에게까지 원한 살 일을 한 거야?"

완전히 남의 일처럼 말하고 있다.

이봐, 이봐….

아까 그가 말을 잇지 못한 건 아무래도 사태의 중대성을 깨달아서가 아니라 단순히 내가 한 말을 전혀 이해하지 못했기 때문인 것 같다.

"내가 너와 만난 그 사건에서 마왕을 쓰러뜨렸을 때, 내가 드래곤 슬레이브보다 강력한 술법을 쓴 적 있잖아."

"흠, 그래서?"

"으아아아! 여기까지 말했는데도 모른단 말야?!"

"음, 잘 모르겠어."

"원 참…. 가끔은 뇌세포를 쓰지 않으면 머지않아 퇴화해서 척수 반사만으로 일생을 보내게 될 거야."

"너, 날 아무 생각도 하지 않는 것처럼…."

"뭐, 생각하는 거라도 있어?"

"이야기나 계속 해."

매번 그렇지만 조금 서글퍼진다.

"즉, 그때 우리들은 비록 인간의 몸이더라도 방식에 따라선 고위 마족을 쓰러뜨릴 수도 있다는 걸 증명한 셈이야.

녀석은 분명 그곳에서 죽었지만 머나먼 북쪽, 카타트 산맥에 있는 마왕의 분신이 의식을 동조시키는 걸로 사건의 전말을 알게 되었다는 것은 충분히 짐작할 수 있어.

그래서 마왕이 드래곤 슬레이브 이상의… 아니, 자신에게 위협이 될 만한 술법을 쓸 수 있는 나를 위험하다고 판단하고 제거하기 위해 자객을 보냈는데

그것이 칸젤이 아닐까 생각하는 거야.

그렇다면 아멜리아 씨가 한 말의 의미도 어렴풋이 알 수 있어."

"……."

다시 할 말을 잃는 가우리.

"알겠어?"

"아… 알긴 하겠는데…. 하지만 그렇다면 정말 큰일이잖아?"

"정말 큰일이지. 만약 그렇다면 이번에 칸젤을 해치운다 해도 계속해서 자객을 보내올 거야. 내가 죽을 때까지."

"너… 그러고도 잘도 태연하구나…."

"그렇지도 않아…. 하지만 지금의 가설로는 도무지 설명이 되지 않는 부분이 있어."

"그게 뭐시?"

나는 손가락 하나를 척! 세우고,

"왜 칸젤은 그런 공격밖에 하지 않았던 걸까?

정말 나를 죽일 생각이었다면 마을 안에서 큰 기술을 연발하면 되었을 텐데 왠지 쪼잔한 방법만을 써왔어. 마족이 인간을 배려할 필요 따윈 없었을 텐데 말야."

"여론이 안 좋아질까 봐 그런 게 아닐까?"

"그럴 리 없잖아.

어쨌거나 난 그런 걸 생각하고 있었던 거야."

"흐음…. 하지만 어쨌거나 넌 칸젤과 대결할 생각이지?"

"그건 그래. 얼른 결판을 내지 않으면 끊임없이 날 노릴 테고, 그렇게 되면 아무리 나라도 성가시니까."

"그럼 그때 직접 물어보면 되잖아. 분명 얼씨구나 하고 사정을 설명해줄 거야."

음…. 그러고 보니 세상에는 결전을 벌이기 전에 악당은 크게 웃으며 사정을 설명해줘야 한다는 법칙이 있긴 하다(있을 거라 생각한다).

"뭐… 그건 그럴지도 모르지만…. 그걸 사전에 추리해서…"

"추리해서 뭐 도움이 되는 거라도 있어? 이번에."

"도움은 안 되지만…."

"그럼 쓸데없이 생각하는 것보다는 아무것도 생각하지 않는 편이 좋지 않아?"

"그럴지도…."

나는 쓴웃음을 지었다.

아무래도 이번만은 그의 말이 옳은 듯하다.

"우웅."

분위기를 바꿔서 나는 크게 기지개를 켰다.

"어쨌거나 그렇게 된 거니까 기분 전환 차 아래 술집에서 가볍게 야식이라도 먹자. 오늘 밤은 내가 살게."

"호오. 웬일이야, 네가 다."

말하면서 그는 자리에서 일어섰다.

"단… 내가 사는 건 한 접시뿐이야."

두 사람은 발길을 멈추었다.

세이룬 시티의 변두리.

뒤쪽에는 세이룬의 하얀색 거리가 대낮의 햇살을 받으며 펼쳐져 있고 거리는 소음으로 가득 차 있다.

앞에는 듬성듬성 숲이 있고 가도는 그 안쪽을 가로질러 뻗어 있다. 그 길을 죽 가면 여러 개의 큰 마을을 거쳐 가이리아 왕국 영토로 이어진다.

그곳에서….

칸젤이 우리 두 사람을 기다리고 있었다.

한 그루 나무에 등을 기댄 채.

"기다리게 했구나."

"별것 아냐. 지금까지 내가 살아온 시간의 길이에 비하면."

하지만 여기서 싸울 수는 없었다. 나와 이 녀석이 전력을 다해 싸우면 마을에 상당한 피해가 미칠 것이다.

어떻게든 장소를 바꾸고 싶은데…. 칸젤은 가도 한복판으로 나오더니 우리들에게 빙글 등을 돌렸다.

"이 앞에 싸우기 적합한 장소가 있다. 따라와라."

나와 가우리는 무심코 얼굴을 마주 보았다.

만약 칸젤이 마을 안에서 싸움을 걸어왔다면 나는 마음대로 큰 기술을 쓸 수가 없다. 그렇게 되면 솔직히 말해 이길 수 있는 자신은 거의 없었다.

하지만 사람이 없는 야외라면 과감하게 큰 주문을 쓸 수 있다.

그렇다면 이길 수 있다! 아마도.

하지만….

"어째서 일부러 장소를 바꾸는 거지?"

칸젤의 뒤를 따라 걸으며 나는 의문점을 솔직히 입에 담았다.

돌아온 대답은 뜻밖의 것이었다.

"마을 사람들을 말려들게 할 순 없으니까."

눈을 휘둥그렇게 뜨는 나와 가우리.

설마… 마족에게서 이런 말을 듣게 될 줄이야….

"꽤… 꽤나 인도주의자구나…."

"착각하지 마라. 너 이외의 인간은 가능한 한 다치게 하지 말라는 명령을 받았을 뿐이니까. 물론 내가 고용한 그 인간 암살자는 목적을 위해선 수단과 방법을 가리지 않았던 것 같지만…."

그랬군. 그래서 지난번 마을 안에서 대결했을 때, 내가 알프레드의 자객들을 방패로 하려고 한 순간 체념하고 모습을 감추었던 것이다.

하지만 스스로 다른 인간에게 손을 대는 것은 불가능해도 즈마 같은 이를 고용해서 살육을 일삼는 짓은 괜찮다는 발상은 대체…

마족의 생각은 잘 모르겠다.

하지만…. 이걸로 칸젤의 뒤에서 조종하는 자가 있다는 것만은 분명해졌다.

"누구의 명령이지?"

칸젤의 뒤를 따라 걸으면서 물었다.

무심코 뒤에서 공격하고 싶어지는 상황이지만 마을에서 나왔다곤 해도 아직 주위에는 가도를 걷는 사람들이 있었다. 여기서 싸움을 벌일 수는 없었다.

"거기 있는 남자… 가우리라고 했나? 넌 죽이지 않을 예정이다. 그러니까 방금 질문에는 대답할 수 없군."

"깍쟁이.

뭐 좋아. 그럼 질문을 바꾸겠는데, 어째서 나를 노리는 거지?"

"방해가 되니까."

돌아보지도 않고 대답하는 칸젤.

"아니. 그건 물론 알고 있지만… 왜 방해가 되느냐 하는 거야.

만약 내가 너에게 죽는다고 하면 내가 죽는 이유 정도는 알아두고 싶고, 거꾸로 내가 널 쓰러뜨린다면 그것을 알 정도의 권리는 있어도 좋을 거라 생각하는데?"

"그건 그렇군. 그건 네 말이 맞다. 하지만 가르쳐주고 싶어도 유

감스럽지만 나도 그 이유는 듣지 못했다."

"결국은 서글픈 말단인 셈이구나."

"그런 셈이지."

화를 낼 거라 생각했지만 의외로 내 말을 너무나 가볍게 흘려 넘긴다.

내 가벼운 농담에 넘어가지 않는다. 아무래도 다루기 힘든 상대인 것 같다.

"'싸울 곳'까지 가려면 아직 시간이 있지? 모처럼의 기회이니 이것저것 묻겠는데, 먼저 네가 고용한 그 즈마라는 암살자, 녀석은 대체 어떻게 되었지?"

"너희들과 싸우다 두 팔을 잃었다. 그 후 멋대로 모습을 감추었지. 그 뒤론 모르겠군."

꽤 무관심하다. 실패한 자에게 용건은 없다는 건가?

"네가 나한테 왕궁에서 시비를 걸었던 건 분명 세 번이라고 생각하는데…."

"그래. 장소 때문에 전력을 다하지 못한 탓에 매번 실패했지."

말하면서 옆길로 들어서는 칸젤.

아무래도 싸울 장소에 가까이 온 것 같다.

"그런데 그 두 번째로 나온 이상한 생물과 세 번째로 나온 커다란 '벌레', 그런 건 대체 어디서 불러오는 거야?"

"두 번째의 그것은 최하급의 마족들이다. 이쪽 세계에 구현될 때에는 자신의 힘만으로는 존재할 수 없어서 처음부터 이쪽 세계에 있는 존재에 빙의해서 모습을 바꾸고 있지.

이쪽의 너희들은 그것을 레서 데몬이라고 부르고 있더군.

본래의 세계에선 그러한 형태를 띠고 있다. 너희들 눈에 그것이 어떤 모습으로 비치는지는 모르겠지만."

헤에. 레서 데몬이 그런 거였구나.

그래서 물리적인 공격이 통하는 거였다.

또 한 가지 지식이 늘었다. 나중에 이에 대한 보고서를 정리해서 마법사 협회에 비싼 값에 팔아야지.

이 싸움에서 살아남는다면 가능한 이야기지만.

"세 번째 그것은 크라넬 화산의 마그마 밑에 잠들어 있는 마수 중 한 마리다. 위력은 네 몸으로 느꼈겠지?"

"마수 중 한 마리… 라니, 그런 게 득실거린다는 거야?"

"어느 정도의 숫자가 있는지는 나도 잘 모르겠군."

헤에에에에. 세상은 참 넓다니깐.

"그밖에 다른 질문은 없나?"

나는 잠시 생각하고,

"한 가지만 더. 설마라곤 생각하는데, 이번 세이룬 소동을 네가 사주한 건 아니겠지? 알프레드를 조종해서."

"그건 지나친 억측이군. 계획을 실행하기 위해 전력을 찾고 있던 그 남자에게 야간의 술법을 이용해서 접근한 것은 사실이지만."

"그래. 믿을게."

"그래?"

여전히 같은 속도로 걸으면서,

"그럼 슬슬 그 남자와 작별 인사를 하도록 해라. 곧 도착하니까."

숲이 끊겼다.

그리고 푸릇푸릇하게 펼쳐진 초원.

마을의 한 구획 정도의 넓이는 될 것이다.

마치 일부러 만들어놓은 듯 숲 속에 넓게 펼쳐져 있었다.

걸어온 길은 초원을 가로질러 그대로 건너편 숲 속으로 이어져 있었다.

이 근처쯤 되니 사람의 모습도 없었다.

숲 속임에도 새소리 하나, 벌레소리 하나 들리지 않았다.

어쩌면 지금부터 시작될 사투를 예감하고 도망친 것인지도.

칸젤은 발걸음을 멈추고 처음으로 이쪽을 돌아보았다.

"남자와 작별 인사는 안 해도 되나?"

"이래 봬도 이길 생각이니까."

"맘대로 해라. 그럼 시작해볼까?"

탓!

칸젤의 말과 동시에 나와 가우리는 땅을 박찼다.

정강이 부분까지 자라난 풀을 가르며 두 사람은 달렸다.

공간을 이동하는 칸젤을 상대로 거리를 유지하는 것은 별 의미가 없지만, 나로서도 어떻게든 주문을 외울 시간이 필요했다.

가우리는 내 뒤쪽에 바싹 달라붙은 채 '빛의 검'을 뽑아 들었다.

칸젤은 아직 원래의 위치에서 움직이지 않았다. 혹시 내가 주문을 쏘는 순간을 노리고 공격할 생각인가?

어느 쪽이든 해볼 수밖에 없다. 일단, 이건 어떠냐!?

"라그나 블래스트[冥王崩魔陣]!"

파앗!

아직 움직이지 않는 칸젤을 역오방성이 에워싸더니 그 정점에서 어둠의 기둥이 솟아올랐다.

기둥이 뿜어낸 플라스마가 그 중심에 있는 칸젤을 강타했다!

블래스 데몬 정도라면 순식간에 소멸시키는 위력.

하지만….

"크흣. 인간치곤 상당한 실력인 것 같군."

암흑의 플라스마에 얻어맞으면서도 칸젤은 눈살을 약간 찌푸렸을 뿐이었다.

"하지만 우리들에겐 훨씬 못 미친다."

칸젤이 말한 그 순간 어둠의 기둥이 흩어졌다!

"아니?!"

나는 놀라서 발을 멈추었다.

칸젤의 팔이 움직였다.

내 쪽을 가리킨 손가락 끝에서 실처럼 가느다란 미력광이 네 줄기 뻗어 나왔다.

"어림없다!"

내 앞을 막아서는 가우리. 자신을 방패로 삼아 '빛의 검'으로 마력광을 튕겨낼 것이다!

"가우리!"

나는 외쳤다. 가우리는 움직이지 않았다. 그리고 마력광은….

가우리의 사정거리에 들어가기 직전에 별안간 그 진로를 크게 바꾸었다!

이런.

피할 틈도 없이…

빛은 가우리를 우회해서 내 다리를 꿰뚫었다!

"!"

소리 없는 비명을 지르고 나는 풀 위에 쓰러졌다.

당한 것은 양쪽 허벅지와 발목.

그리 큰 상처도 아니고 출혈도 전혀 없지만 조금만 움직여도 바늘로 찌르는 듯한 통증이 왔다.

이래선 제대로 움직일 수도 없다.

아무래도 상대를 조금 얕본 것 같다.

이 칸젤, 내가 생각했던 것보다 강하다!

"리나!"

완전히 안색이 변한 가우리.

"괜찮아! 대미지 자체는 별것 아니니까."

나는 억지로 웃음을 지어 보였다.

"당연하지."

그렇게 말한 것은 칸젤이었다.

말투가 좀 전과 달랐다.

그때까지의 차가운 태도와는 다른 무언가가 말의 내면에 깔려 있었다.

"처음부터 그럴 생각이었으니까. 한 번에 끝장을 내진 않을 거다. 고통으로 쇼크사 하든지 미쳐 죽든지. 어쨌거나 편하게 죽지는 못할 거라 생각해라."

나의 등에 오한이 일었다.

눈치챈 것이다. 칸젤의 말 속에 내재된 감정이 무엇인지.

쉽게 말해··· 환희.

말도 안 돼!

가지고 놀다가 죽인다고?!

"왜 그래? 불만스러운 것 같은데."

냉소··· 아니, 광기와도 같은 미소를 띠며 말하는 칸젤.

당연하다.

가지고 놀다가 죽인다는 말을 듣고 기뻐할 사람은 이 세상에 별로 없을 것이다.

이렇게 된 바엔 이쪽으로서도 느긋하게 굴 시간 따윈 없다. 한 번에 승부를 거는 것뿐!

"그만둬! 무슨 속셈이야!"

화난 표정으로 외치는 가우리.

"무슨 속셈이냐고?"

칸젤은 천천히 이쪽으로 걸어오면서,

"우리 마족이 무엇을 양식으로 삼아 살고 있는지 넌 모르는 거냐?"

아….

나는 내심 후회했다.

"우리들의 힘의 근원은 독기… 즉 살아 있는 것들이 만들어내는 부정적인 감정.

공포, 분노, 슬픔, 절망.

그것이 바로 우리들에게 최고의 음식이다!

고통이란 그것을 만들어내기 위한 가장 효과적인 수단!"

그래. 그렇다.

전에 마을에서 싸웠을 때 칸젤은 일격필살을 노려왔다. 그것은 칸젤의 위에 있는 누군가가 '다른 사람을 다치게 하지 말라'고 명령을 내렸기 때문일 것이다.

그 상황 하에서 싸움이 길어지면 누군가가 올 거라는 사실은 알고 있었다.

그래서 그렇게 되기 전에 일격으로 끝내려 했던 것이다.

이 녀석이 굳이 이런 곳까지 와서 우리들을 데려온 것은 다른 사람들을 끌어들이지 않겠다는 것도 있겠지만, 여기서라면 나를 차분하게 요리할 수 있다는 계산도 있었을 것이다.

즉….

칸젤은 먹을 생각인 것이다.

나의 절망과 공포를. 그리고 가우리의 분노와 슬픔을.

하지만 그 자신감과 방심이 실수였다. 나는 이미 주문을 끝마친 상태였다!

"드래곤 슬레이브!"

"아?! 아뿔…!"

콰아아아아앙!

붉은색 빛이 마족을 감쌌고 계속해서 칸젤 자신의 몸이 대폭발을 일으켰다!

드래곤 슬레이브.

인간이 쓸 수 있는 주문 중 최강이라 일컬어지는 술법.

이 세계의 어둠을 관장하는 루비 아이 샤브라니구두의 힘을 빌린 술법이다.

엄청난 힘을 가진 마족이라도 이것에 맞으면 한 방에 끝난다.

그것이 정확히 명중했다. 그것도 잘난 척 방심하고 있을 때.

"해치웠구나."

다리의 아픔을 참으면서 나는 가우리에게 윙크를 보냈다.

"그래. 해치웠어."

그는 수풀 위에 늘어져 있는 나에게 손을 내밀었다.

"정말… 제법이군."

떨리는 목소리는 가우리의 뒤쪽에서 났다.

아직 사라지지 않은 폭염 속에서.

그대로 경직되는 우리들.

"방금 것은 좀 셌다…."

설마…?! 하지만!

이윽고 걷혀가는 연기 속에서 천천히 걸어 나오는 그림자 하나.

머리카락도, 귀도, 코와 입조차 없고, 익사한 사람의 피부색을 한 얼굴에 있는 것은 평범한 인간의 두 배는 되어 보이는 커다란 두 눈뿐….

칸젤!

아마 이것이 바로 이 세계에서 녀석의 진짜 모습일 것이다.

하지만… 하지만!

다소 대미지는 있는 것 같지만 그 술법을 제대로 맞고도 아직 움직일 수 있다니?!

"아무래도 우리 마족을 너무 얕본 것 같군."

칸젤이 말했다. 어디서 소리를 내고 있는지는 확실치 않았지만.

"아무리 샤브라니구두의 힘을 빌린 술법이라고 해도 결국은 인간이라는 그릇을 통해서 펼쳐진 술법, 저급한 녀석들을 상대로 하기에는 충분할지도 모르겠지만 불완전하나마 중급 마족인 나에겐… 소용없다고까지 할 수 없어도 일격필살은 되지 않는 모양이다.”

“주… 중급?!”

놀라서 나는 소리를 질렀다.

“마족의 힘을 보는 것은 이번이 처음인가? 아니면 지금까지 저급 마족만을 해치우고 잘난 척해댄 거냐?”

말하면서 느릿느릿 내 쪽으로 다가온다.

“다가오지 마!”

빛의 검을 거머쥔 채 칸젤의 앞을 막아서는 가우리. 검을 크게 치켜든다.

“비켜!”

칸젤의 왼손이 허공을 갈랐다. 만들어진 마력의 충격파를 가우리는 빛의 검으로 막았다.

하지만 충격파 쪽이 강했다!

파직!

힘에 밀려 그대로 튕겨나간다.

나와 칸젤 사이를 가로막는 것은 이제 아무것도 없다!

“크훗….”

더없이 행복한 미소를 띠면서 칸젤이 손을 쳐들었다.

나를 향해.

뿜어 나오는 붉은 마력광!

“!”

옆구리에 생긴 작렬감에 나는 소리도 지르지 못하고 몸을 뒤로 젖혔다!

"그만둬!"

가우리가 달렸다. 빛의 검을 손에 들고.

그 후에도 여러 개의 빛줄기가 내 몸을 잇달아 관통했다.

모두 급소는 피해갔다. 선언한 대로 나를 가지고 놀다가 죽일 생각이다!

통증으로 의식이 몽롱해진다. 그 순간 칸젤의 공격이 멎었다.

"……?"

하지만 의식을 회복한 순간 다시 공격이 재개되었다.

이건 도저히 참을 수 있는 성질의 것이 아니다.

문득 정신을 차려보니 이미 가우리는 바로 옆까지 와서 칸젤을 공격하고 있었다.

하지만.

빛의 칼날이 칸젤에게 닿기 직전, 검은 무언가가 그 부분에 결집되어 가우리의 공격을 매번 튕겨냈다.

"그만해! 그만해! 그만해! 그만해! 그만해애애애애!"

미친 듯이 외치면서 절망한 표정으로 검을 휘두르는 가우리와는 대조적으로 칸젤은 크게 웃고 있었다.

"크하하하하하하! 느껴진다! 느껴져! 너의 분노가! 절망이!

정말 맛있군! 정말 큰 쾌락이다! 크하하하하! 슬프겠지! 괴롭겠지!"

그것이 한순간이었는지, 아니면 꽤 오랜 시간 지속되었는지는 내 기억에 없다.

다만 문득 정신이 들었을 때 나는 가우리의 품에 안겨 있었다.

조금 떨어진 곳에는 칸젤이 있었다.

아무래도 가우리는 자신의 몸을 방패 삼아 칸젤의 공격으로부터 나를 지키고 겨우 여기까지 이동한 모양이다.

"리나! 정신 차려! 리나!"

"가우리…."

몸을 움직일 때마다 정말 비명을 지르고 싶을 정도로 아팠지만, 목숨이 위태로운 것은 아닌 것 같고 말하는 것도 불편하진 않았다.

"잘 들어, 리나. 이렇게 된 바엔 그것밖에 없어."

칸젤에게 들리지 않도록 내 귀에 속삭이는 가우리.

"그거… 라니…?"

"그 술법을 쓰는 거야. 네 최강의 술법을!"

순간 정신이 번쩍 들었다.

기가 슬레이브.

루비 아이보다 고위에 있다는 '로드 오브 나이트메어(금색의 마왕)'의 힘을 빌린, 아마 나만이 쓸 수 있는 최강의 술법.

일찍이 우리들이 마왕을 쓰러뜨렸을 때 사용한 기술이다.

물론 그 위력은 드래곤 슬레이브를 훨씬 웃논다. 아마 아무리 칸젤이라도 이 술법 앞에선 버티질 못할 것이다.

하지만….

"안 돼….

나는 말했다.

"왜?!"

"이렇게 다친 상태에선 술법을 제어할 수 없어. 다 죽고 만다고
….

내 말에 말을 잇지 못하는 가우리.

만약 이 술법의 제어에 실패한다면 이 세계에는 멸망이 찾아올
것이다.

예전에 나는 어떤 사람에게서 그런 지적을 받은 적이 있었다.
정말인지 아닌지는 모르겠지만 당연히 시험해볼 생각은 없었다.

그리고 그것은 대량의 생체 에너지를 소모하는 기술이다. 지금
쓰면 성패에 상관없이 내 목숨은 없을 것이다.

남은 수단은….

"그럼 무언가 방법은 없는 거야?!"

"있긴 하지만….

"좋아! 그걸로 가자!"

괜찮아…? 그렇게 안이하게 OK해도…?

어쨌거나 가우리가 좋다니 그렇게 하자.

"그럼 난 어떻게 하면 되지?!"

"일단… 녀석으로부터 나를 보호하면서 근실기세 아까처럼 빛
의 검으로 마구 공격해."

"그리고?"

"그것뿐이야."

"알았어."

깊이 고개를 끄덕이고 일어서는 가우리.

"작별 인사는 끝났나?"

칸젤은 만면에 미소를 띠었다.

그 손이 번뜩이자 다시 가우리는 튕겨나갔다.

나는 겨우 통증을 참고 상체를 일으켰다.

"호오."

감탄한 듯 외치는 칸젤.

"대단한 정신력이군. 하지만 곧 다시 비명을 지르게 해주지."

그의 헛소리 따위는 무시하고 나는 주문을 외우기 시작했다.

드래곤 슬레이브…

황혼보다 어두운 자여

칸젤의 얼굴에 떠오르는 모멸의 빛.

"또 샤브라니구두의 주법인가?"

겨우 몸을 일으키고 빛의 검을 거머쥐는 가우리.

피의 흐름보다 붉은 자여

"최후의 발악인가…. 보기 흉하군. 실망했어."

시간의 흐름에 파묻힌

"한두 발 정도는 버틸 수 있겠지만…."

가우리가 달렸다. 똑바로. 칸젤을 향해.

위대한 그대의 이름으로

"강력한 것은 사실이다."

검을 치켜드는 가우리.

나 여기서 어둠에 맹세한다

"거추장스럽군. 슬슬 사라져줘야겠다."

어둠의 벽에 빛의 칼날은 허무하게 튕겨나갔다.

우리들의 앞을 가로막고 있는

겹쳐진 칸젤의 손에 깃들이는 빛.

다시 검을 치켜드는 가우리.

주문은 아직 완성되지 않았다!

그 순간….

푸른 불기둥이 마족을 감쌌다!

"크아아아아아악!"

견디지 못하고 비명을 지르는 칸젤.

이건… 라 틸트[崩靈裂]!

아스트랄 계열 최강의 술법!

불의의 공격에 돌아보는 칸젤. 그곳에는 사람 그림자가 하나.

아멜리아 씨!

그 순간 나는 주문을 완성했다.

남은 건 이제 '힘 있는 말'을 해방하는 것뿐!

가우리가 빛의 검을 치켜들었다.

"드래곤 슬레이브!"

나는 주문의 힘을 방출했다.

"소용없다고 했다!"

외치는 칸젤.

그 눈앞에서.

빛의 검의 칼날이 한층 강한 광채를 내뿜었다.

핏빛에 가까운 붉은색 빛을.

"아니?!"

놀라 외친 그 순간….

이번에야말로 빛의 칼날은 마족의 몸을 상하로 두 동강 냈다.

단말마의 비명을 지르지도 못한 채 두 쪽이 난 마족의 몸을 가우리는 재차 베었다.

거기에 아멜리아 씨가 쏜 라 틸트가 쐐기를 박았다. 칸젤의 몸은 하얀 가루가 되어 땅에 떨어지기도 전에 바람 속에 녹아 사라졌다.

끝났다…. 겨우….

긴장이 풀려서인지 그 순간 나는 의식을 잃었다.

"그런데 리나, 너 그때 대체 어떤 방법을 쓴 거야?"

가우리는 침대 위에서 따분해하고 있는 나에게 물었다.

칸젤과 사투를 벌인 다음 날의 일이다.

그 싸움 이후 나는 세이룬의 마법 의사에게 운반되어 치료를 받았다… 고 한다. 그 부분의 기억은 전혀 없지만.

참고로 완전한 여담인데 담당의는 그레이 씨. 이쪽 일도 겸하고 있다고.

실피르는 아직도 가끔 가위에 눌린다고 한다. 아무래도 아직 충격에서 벗어나지 못한 모양이다.

그건 둘째치고.

지금은 상처가 완전히 나았고 컨디션도 거의 완벽하지만 일단 안정을 위해 아직 침대에 누워 있다.

"그때…."

나는 조금 말문을 흐렸다.

"응. 빛의 검이 갑자기 붉어지더니 녀석을 가볍게 베어버리더군. 어떻게 한 거지?"

"아, 그건 드래곤 슬레이브를 빛의 검에 걸었을 뿐이야. 그것을 검이 빨아들여 증폭시켜 칸젤의 방어력을 깨뜨린 거지."

"아, 그랬구나."

손을 탁 치고…

그 자세 그대로 굳는다.

"이봐…."

"뭐?"

"그거 혹시 검이 폭발할 우려도 있었던 거 아냐?"

아, 눈치챘다.

"아… 뭐… 그… 아하하하하♡"

"하트 마크 붙여가며 얼버무리지 마! 있었던 거구나?! 그럴 가능성이!"

"하지만! 내가 설명하기도 전에 '어쨌거나 그걸로 가보자'고 한 건 너였잖아.

그리고 기가 슬레이브의 마력조차 견뎌낸 검이야. 드래곤 슬레이브를 건다고 해서 어떻게 될 확률도 낮았다고."

"낮다면 어느 정도…?"

"반반 정도?"

"이봐?!"

"농담이야, 농담. 아마 위험도는 10분의 1 이하일 거야."

이것은 변명도, 위로도 아니고, 에누리 없이 그렇게 생각한다.

어쨌거나 이 빛의 검, 아무리 전설의 무기라곤 해도 인간이 쓰기에는 왠지 그 용량이 크다.

뭐, 이 검에 관해선 아직 더 연구할 필요가 있는 것 같지만.

"그런데… 결국 어떤 경위였나요? 당신과 칸젤."

끼어든 것은 아멜리아 씨. 어째서 그녀가 이런 곳에 있는지는 모르겠지만.

"글쎄요…. 그게… 녀석도 누군가의 명령을 받은 것뿐이라고……."

그렇게 말하고 나는 고개를 갸웃거렸다.

적어도 그 '누군가'가 '북의 마왕' 루비 아이 샤브라니구두가 아니라는 것만은 확실하다.

이유는 간단. 칸젤이 샤브라니구두의 경칭을 생략하고 불렀기 때문이다.

그저 예의가 없어서 그렇다고 생각하긴 힘들다. 그렇다고 하면 마족의 세계에도 무언가 복잡한 사정이 있는 걸까?

"그런데 아멜리아 씨, 도와주신 건 감사하지만 어째서 당신이 이곳에 있는 거지요?"

"훗. 당연하잖아요. 그건!"

그녀는 설레설레 손을 젓더니,

"아버지를 설득해서 왕궁을 빠져나온 후 여기저기 탐문해서 겨우 당신들이 간 곳을 알아냈어요. 막상 가보니 당신이 칸젤에게 몰려 궁지에 빠져 있더군요. 그래서 바로 주문을…."

"아니. 그건 들었는데…."

나는 그녀의 말을 자르고,

"그게 아니라 어째서 우리들을 쫓아왔는지, 어째서 아직 여기에 있는지 하는 거예요."

"말했잖아요."

그녀는 내게 윙크를 하더니,

"무언가가 어디에서 움직이고 있다, 그리고 그것은 아무래도 당신과 관련된 것 같다,

나는 그것을 확인하고 싶다,

그리고 그것이 악이라면 정의의 철퇴를 내려야 한다!"

혼자서 불타오르는 아멜리아 씨. 아무래도 좋지만 다른 환자에게 폐가 된다.

괜찮은 거야? 그런 불확실한 이유로 여행을 시작해도….

뭐, 나도 고향에 있는 언니의 '세상을 보고 와'라는 한마디에 여

행을 시작하긴 했지만.

"그렇게 돼서 당신들을 따라갈 테니까 잘 부탁해요."

너무나 간단히 말하는 그녀.

"잘 부탁한다니…. 필 씨가…."

"말했잖아요. '아버지를 설득해서 왕궁을 빠져나왔다'고."

익.

설득되는 거야? 보통은….

"속 편하게 말하지만 아멜리아 씨, 아마 앞으로 죽을 만큼 힘들 거예요. 잘못하면 정말 죽을지도 모르고."

"그런 건 각오하고 있어요. 왕궁의 공주로 평생 평온하게 살기보다는 정의에 그 몸을 바치고 파란만장한 인생을 사는 게 더 불타는 법이에요! 역시 사람은 짧고 굵게 살아야!

아… 그리고 앞으로는 친구니까 '씨' 자는 붙이지 말고 '아멜리아'라고 불러줘요."

"설득은 무리인 것 같군."

어처구니없다는 표정으로 말하는 가우리.

아아… 두통이….

"자, 이야기가 대충 끝났으니, 리나 씨…. 아니, 리나. 다음엔 어느 마을로 갈 거야?"

아직 끝나지 않은 것 같다는 생각도 드는데….

하지만 어쨌거나.

이 사건에 관여하기 전에 오랜만에 고향에라도 돌아가볼까 했는데 아무래도 그럴 판국이 아니게 되어버렸다.

대체 어떤 이유에서인지 나의 인생에 마족이 시비를 걸어온 이상, 그들에 관해 여러모로 조사할 필요가 있다.

나는 말했다. 딱 잘라서.

"딜스 왕국."

딜스 왕국.

암흑의 전설이 잠들어 있는 곳으로.

— 5권에 계속 —

작가 후기

작 : 연이어 발행되는 신장판!

L : 페이스 한 번 빠르네요!

그래서 이번 권부터는 대화 등 이런저런 논의 끝에 저와 작가

가 함께 후기를 보내드리겠습니다!

작 : 이런저런 논의라는 데에는 수많은 사정이 있었다고!

무슨 일이 있었다고 말을 할 순 없지만.

L : 괜한 소리는 금물!

작 : 그런데 말이지, 이렇게 정리되니 약 1명, 출연기회가 사라져

서 삐진 녀석도 있는 것 같은데.

L : 아아, 부하S?

분명 지금 굉장히 한가로워 보이긴 했는데.

나중에는 후기를 몽땅 맡겨버릴 작정이니 괜찮지 않을까?

작 : 몽땅? …하긴, 신장판이 이런 페이스로 출간되고 있는 상황이

라면 그런 일이 벌어질 수도?

L : 그럼 그럼. 이 신장판의 연타, 나도 후기에서 등장할 기회가

늘어나니 마음까지 넓어지는 것 같네.

아예 한층 화끈하게 더 빠른 페이스로 출간되어도!

작 : 말도 안 되는 소리! 이 신장판 때문에 6월, 7월에는 내 책이 4
　　권씩 출간되는 무시무시한 일이 벌어졌는데….

L : 4권씩이라… 그 말을 들으니 약간 움찔하게 되네.

　　이래도 되는 건가 출판사? 작가를 믿다간 피눈물을 흘릴지도.

작 : 거 듣기 거북한 소리!

　　물론 나도 '이래도 되는 건가' 싶은 마음이 없는 건 아니지만.

L : 그런데 4권이면 신장판 3권씩에, 다른 시리즈인 「슬레이어즈
　　스페셜」인가?

작 : 그렇지…만 그렇지도 않아!

L : 응? 스페셜이 아니야?

작 : 원래 스페셜 31권이긴 한데, "TV를 보고 소설에 입문하는 사
　　람들이 있을지도 모르는데, 권수가 31권이나 되면 모두들 시
　　작할 엄두도 내지 않을 듯"이라는 의견이 있고, 디자인 포맷
　　도 바뀌는 등의 이유로 시리즈 타이틀을 변경.

　　「슬레이어즈 스페셜」

　　이 아니라

　　「슬레이어즈 스매시」

　　라는 타이틀로 발간하게 됐지.

L : 그렇다면… 그래도 속알맹이는 같은 거지?

작 : 응, 평소와 똑같은 바보 개그.

　　시리즈 타이틀은 바뀌지만 독자 여러분께서는 계속 응원해주

신다면 감사하겠습니다.

L : 하지만 타이틀 말고도 바뀌는 부분이나 추가요소는 없어?

　　추가 소책자로 L의 비밀, 1,200페이지의 오리지널 하드커버

　　2권을 부록으로 붙인다든지.

작 : 소책자가 아니잖아! 아니, 소설 본편보다 더 두껍겠다!

L : 아니아니, 소책자 맞는데? 사이즈는 문고판의 절반 정도로.

작 : 그렇게 작은 책을 어떻게 읽어!

　　게다가 그런 판형으로 1,200페이지라면 종이뭉치처럼 보이

　　겠다!?

L : 음… 괜찮은 생각이지 싶었는데… 거대소책자.

　　그것 말고, 사주신 분들이 기뻐할 만한 특전이라면…

　　초판에는 고급 스테이크나 꽃게가 부록으로 따라온다거나.

작 : 그럴 일 없어! 서점이 비린내로 꽉 차겠다!

　　어쨌든! 타이틀이 바뀌는 것뿐이야!

L : 하긴 내 분량이 줄어드는 것도 아니니 아무렴 어때.

　　차라리 전에 저질렀던 초거대 후기 같은 걸 또 해보든지.

작 : '저질렀다'라고 하지 마.

　　아직 밝히지 않은 설정 중에 드러내도 되는 부분을 해설하는

　　건 나쁘지 않은 생각이지만.

　　이번 권에 등장하는 아멜리아 이야기라거나.

L : 아멜리아라면, 어느 가족에 관한 이야기라거나, 이름의 유래

　　가 '언제나 내가 정의인 나라 아메○카'라거나, 훗날 외전에

쓴 내용이 애니메이션 대사로 끝도 없이 쓰였다는 그런 이야기?

작 : 응, 그런 이야기.

하지만 그런 내용은 오히려 이 신장판 후기에 더 잘 어울리는 듯한 마음도 드네.

숨겨진 설정의 대부분은 단편이 아니라 장편 쪽에 연관된 이야기니.

L : 어라? 단편에 튀어나오는 이상한 인간들에게는, 애초에 치밀하게 기획된 눈물의 설정이 있는 기 아니었이?

작 : 그런 것 없어! 상식적으로 세계관과 물리법칙까지 무시하는 녀석들에게 그런 설정을 붙일 수 있을 리가 없잖아!

모 양갓집 조세피느가 어째서 그런 사람이 되어버렸는지 이유를 붙일 수 있거든 어디 해 봐!

L : …음(생각 중) 아! 그래!

원래는 평범한 사모님이었지만, 어느 날 뒷산에 운석이 떨어졌고, 집안사람들이 말림에도 불구하고 혼자 운석을 구경하러 가더니, 돌아왔을 때는 그런 사람이 되어있었다, 어때!

작 : 뭔가 빙의된 건가!?

L : 정확히 말하면 기생생물 타입이지.

작 : 좋다 쳐도 왜 단편에 나오는 이상한 사람들 하나하나에 그런 설정을 붙여야 하는 건데?

L : 그렇다만?

작 : '그렇다만'은 무슨! 리나도 마족과 싸우고 있을 때가 아니잖아, 그런 세계라면!

L : 아! 아예 이걸로 제3부를 써보지 그래! 캐치프레이즈는 '이번엔 구구절절'!

작 : 안 써! 그러다 정말 구구절절 장황해진다고!

L : 신장판도 잘 부탁드립니다만, 그런 스타일인 「슬레이어즈 스매시」도 기대해주세요!

작 : 그런 스타일이 아니라고! 묘하게 끝내지 마아아아아아!

후기 : 끝

※ 이 책은 이전에 발행되었던 「슬레이어즈4 배틀 오브
  세이룬」을 가필수정한 것입니다.

슬레이어즈 4
배틀 오브 세이룬

1판 1쇄 인쇄	2020년 5월 8일
1판 1쇄 발행	2020년 5월 15일

지은이	Hajime Kanzaka
일러스트	Rui Araizumi
옮긴이	김영종

발행인	정욱
편집인	황민호
본부장	박정훈
마케팅	조안나 이유진 이수정
국제판권	이주은 김준혜

제작	심상운 최택순 성시원
발행처	대원씨아이㈜
주소	서울특별시 용산구 한강대로15길 9-12
전화	(02)2071-2018
팩스	(02)749-2105
등록	제3-563호
등록일자	1992년 5월 11일
ISBN	979-11-362-3191-8 04830

SLAYERS Vol.4: BUTTLE OF SEIREN

ⓒHajime Kanzaka, Rui Araizumi 2008

First published in Japan in 2008 by KADOKAWA CORPORATION, Tokyo.

Korean translation rights arranged with KADOKAWA CORPORATION, Tokyo.